我們的重製人生
木緒なち
繪者 えれっと
Kionachi / Illustration Eretto
06
Remake our Life!
Let's time-travel to 10 years ago
and reenjoy creative
and sweet youthful days.
上傳期限：九月一日
U0028971

序章　留在原地的他

我現在常做惡夢。

自從再度回到十年前的世界，我就經常在惡夢中驚醒。從大汗淋漓，滿臉眼淚的狀態下起床十分累人。好幾次我即使睡著，也無法恢復體力。

「……噢，原來我又做惡夢了……」

我連做了好幾天惡夢。知道是夢後放下心來，隨後便感到疲勞。伴隨反覆地急促呼吸，惡夢的記憶逐漸復甦，讓我難受不已。惡夢的內容則幾乎每次都一樣。

貫之每次都出現在夢境中。

他一臉難過，向我道別後離去。是下大雨那一天的記憶。即使我試圖喊住他，腳下卻突然泥濘不堪，讓我寸步難行。隨後貫之的身影消失，化為空無一人的黑暗。失去貫之讓我極度後悔，同時我癱坐在原地，趴在泥濘中。最後在泥漿中邊掙扎邊下沉。

我一邊喊著對不起，貫之，對不起。

「貫之……」

同時心中一直思考，此時此刻已經不在此地的他。

要怎樣才能避免走向不願見到的未來。遇見齋川，改善志野亞貴的環境，以及找回此時不在此地的他。我一直在想，要如何才能順利達成。

目前，我終於摸到了解決問題的機會。

當初一直在我們團隊編寫劇本的他，如今有機會回歸。

因為我的過錯而失去他，如今有機會讓他復活。

能付諸實行的機會終於來了。

「可是……」

我吁了一口氣。

事情真的會這麼順利嗎？我想的方法全都是紙上談兵，實踐後會有什麼結果，必須真的做了才知道。反過來說，行動同樣可能導致更糟的後果。

我是操縱大家的壞人。因為我內心有所虧欠，才會做這種惡夢。

明明已經因為自己的所作所為而失去朋友。現在我卻即將在朋友的傷口上灑鹽。照理說我已經做好心理準備。即使動機自私，也只能相信自己，所以理論上我可以毫不猶豫地行動。即使別人都認為我是壞人，我也下定決心貫徹到底……本來是這樣。

可是，我依然下意識抱著猶豫，並化為惡夢顯現。

「我完全不行嘛……」

目睹的時候我十分痛苦，惡夢結束後更是同樣難受。

貫之回來後，這種痛苦真的能畫上休止符嗎？深深嘆的一口氣，以及額頭上留下的汗，都進一步逼迫原本就疲乏的內心。

「嗯……？」

這時候傳來謹慎的「咚咚」敲門聲。

「恭也同學……沒事吧？我可以進去嗎？」

是志野亞貴的聲音。

「噢，抱歉……進來吧。」

我回答後，輕輕打開房門。

「剛才聽見好大的聲音，我擔心發生了什麼事。」

肯定是我剛才驚醒時的聲音。

原以為自己已經很克制，但大概是睡著時喊了某些夢話。

「抱歉，剛才做了些惡夢。」

志野亞貴露出擔憂的表情。

「又做了惡夢呢……」

說完，她來到我身旁坐下。

「應該是太累了……畢竟最近一直努力呢。」

她輕撫我的背，以體貼的問候關心我。

「……謝謝，不過我已經沒事了。」

其實離沒事還遠得很，但我也不能向她撒嬌。

雖說是為了今後的製作，我卻將她當成棋子一樣擺布。只要大家一起創作，就會有圓滿的結局。結果我卻宣稱為了應有的未來，強迫大家忍受痛苦。

「你要去找貫之同學吧。」

我向志野亞貴點頭表示同意。

「抱歉，其實我原本希望妳也一起來……」

聽我說完後，她搖了搖頭，

「最近製作過程相當辛苦，沒辦法呢。」

說完對我面露笑容。

「而且現在畫畫十分有趣。所以我覺得這樣就好了。」

雖然不知道自己目前的作為是對是錯……

但光是聽到她說出這句話，我就覺得值得了。

（不知道志野亞貴在創作什麼呢。）

志野亞貴她們的作品目前完全呈現黑箱狀態。

觀賞她們團隊的成果讓我既期待，也害怕。

相較之下，我們的作品還卡在半途中，不，連起跑線都尚未抵達。

老實說，我很著急。可是著急也於事無補。

唯一的方法就是穩健地踏出每一步。

「好吧，我要起床了。」

「嗯，那麼……」

志野亞貴說著，

「啊……」

然後輕輕摟住我的身體，包容我。

「加油喔，恭也同學。」

「…………嗯。」

我完全無法抵抗志野亞貴的體貼，以及溫暖。

時間大約長達一分鐘。志野亞貴輕撫我的背，

「拜拜啦。」

勉勵我之後，輕輕揮手，然後回到自己房間。

「志野亞貴……」

我真是丟臉。不只深陷在她的溫柔中難以自拔，而且也無法關照她。

接下來志野亞貴還得繼續孤軍奮戰。無法向任何人求助，只能完全靠自己埋頭苦

幹。就算想慰勞她，卻因為沒有人理解她的辛苦，難免變成不著邊際的安慰。

即使孤獨一人，她依然堅強地面對。以溫柔的笑容與婉約的聲音，接連突破聳立在自己面前的高牆。

面對可敬的她，我究竟做了些什麼呢。

應該不至於讓她感到更難過吧。

「什麼惡夢嘛……我真沒用。」

我以雙手一拍臉頰，清醒頭腦。

不是只有自己在吃苦。不，大家都比我吃了更多的苦。現在可不是示弱的時候。帶貫之回來吧。因為我的愚蠢過失，失去了他那閃耀燦爛的才能。我無論如何都要帶他回來。

我看了看時鐘，比我預定起床的時間還早一小時。先準備一番，再叫醒奈奈子出發吧。

目的地當然早就決定了。

是貫之目前的所在處。

我迅速換好衣服，確認行李。

「好……」

全部準備就緒後，今天我同樣面對壁櫥。

深吸一口氣，然後拉開紙門。

壁櫥內貼著大量黃色便利貼。

上頭寫著今後的我，以及我們未來的藍圖。

既是自我主義的結晶，也是指引接下來該怎麼走的路標。

我撕下正好貼在中央的便利貼，仔細端詳。

『讓鹿苑寺貫之復學』。

由特別粗的字體寫下的言靈，在我心中點亮火光。

「上吧。」

我挺直腰感，注視前方，踩穩階梯緩緩下樓。

緊握住便利貼的手中，感覺到蓄積的熱量。

第一章　他出生的城市

窗外的景色從右到左高速流逝。我看手機確認時間，發現上車後還不到一小時。新幹線內的空氣有點乾燥。我含了一口攜帶的寶特瓶裝茶，再嚥下喉嚨。吁了一口氣的時候，身旁座位的人向我開口。

「有冷靜一點了嗎，恭也？」

她露出擔心的表情。大眼睛緊盯著我。

「謝謝妳，奈奈子。不過妳可以不用這麼擔心。」

我笑著回答後，她卻以拳頭使勁鑽我肩膀附近。

「拜託，會痛耶，難道我說了什麼奇怪的話嗎？」

「當然有！你一直眉頭深鎖，嘴裡不斷嘀咕，怎麼還說我不需要擔心你啊。」

她半瞇著眼嘟起臉頰，同時正面反駁我。

「……原來是這樣，抱歉。」

「知道就好。」

奈奈子點頭後，默默地給我零嘴包裝袋。

「要吃嗎？你沒有吃早餐，肚子餓了吧。」

「嗯，謝謝妳。」

我從袋子裡拿起一塊，迅速放進嘴裡。一咬下去，伴隨有些清脆的啪哩聲，高湯的風味同時在嘴裡擴散。

平時常去的超市也有賣這款零嘴。我想起之前買來放在桌上，結果他整袋拿走，後來還挨志野亞貴的罵。

關於他的事情，正逐漸變成回憶。

不過我們正設法將他拉回現在。

「好久沒有與貫之見面了呢。」

奈奈子說出他的名字。

即使知道他就是這趟旅途的目的，我依然不太敢主動開口。所以聽奈奈子說出後，我稍微感到寬心。

「貫之離開學校，原因果然是老家吧？」

「嗯……也是原因之一。」

其實還有一個更重大的原因，但我決定隱瞞奈奈子。如果從我口中得知的話，對他而言肯定很丟臉。

「難得賺到了念大學的學費……到底發生了什麼事呢？」

貫之沒有向奈奈子等人吐露心聲便離去。只說了句「抱歉」，其他什麼也沒說。

我必須面對他，包含與他真正想法有關的一切。我再次感受到這件事情有多棘手。

所以我，

「首先得見到他才行。當然有事情想問，但得等見到他再說。」

在成功勸說與否之前，先訂下見到他的目標。

「呣～？·嗯，的確是。」

奈奈子露出不解的表情，點頭同意我的話。

在她看來，見到貫之是理所當然的。但我卻不這麼想。我甚至覺得，他很有可能拒絕跟我們見面。

「不過還是別像剛才一樣想太多喔。」

「謝謝妳，我已經沒事了。」

說著，我對她露出笑容。

不過我的內心充滿了不安，以及重責大任。

◇

在前往東京不久之前，我和加納老師聊過。

我對貫之產生「說不定有轉圜餘地」的疑問，向老師坦承。結果老師開出絕對不可告訴別人的條件，回答了我的問題。

「你猜得沒錯。鹿苑寺並未輟學，依照他的要求，以休學辦理。」

聽得我倒抽一口涼氣。原本以為已經斷絕的關係，竟然還有一縷細微的希望。

即使聽老師說貫之離開了學校，我依然難以置信。

當然，由於我就是他輟學的一大原因，我不否認自己見到任何稻草就抓。但最重要的原因是，貫之的創作熱情如此強烈，在未來依然持續動筆。我實在無法想像他會這麼輕易斬斷留戀。

這時候，我在路過的學務處偶然見到的文件，讓我的疑問更加強烈。

休學。事到如今我才想起，大學有這種制度。

若是休學，事後只要找到原因想復學，那麼辦理手續即可。費用方面，保留學籍也只需要幾萬圓。貫之原本就為了籌措學費而奔走，照理說他當然知道這件事。

即使他現在無心繼續待在大學，依然有留戀捨不得斬斷。對貫之而言，這項制度應該宛如雪中送炭。

一開始我向學務處打聽。但個資無法向外人透露，所以校方沒告訴我任何細節。

因此明知強人所難——我還是跑來問加納老師。

「其實鹿苑寺也拜託過我，要我對外宣稱他輟學。我想他大概有各種原因，才會答應他……」

說到這裡，老師的表情變得有些嚴肅。

「不過最主要的原因，是他不希望別人知道他還有留戀。尤其是你，橋場。」

這句話聽得我內心一揪。

一如貫之所說，他離開學校的原因就是我。而且他找老師商量的時候，肯定也說出了箇中原由。

「所以我今天告訴你這件事，對我而言也等於背叛他。我不會命令你不准說，但我希望你能體會鹿苑寺的心情。」

「是的……我並不打算告訴他。」

老師點點頭後，

「畢竟和你接下來要做的事情相比，透露這些資訊可能根本微不足道。因為你即將要做的事情簡直不可理喻。」

老師緊緊盯著我的眼神。視線十分強烈，讓我無法隨便轉過頭去。

「讓我確認一下……你希望讓鹿苑寺復學吧？」

「是的。」

「就算心中還有留戀，但他理論上已經幾乎放棄了這條路。我希望你再度仔細思考，拉他回來究竟代表什麼。」

貫之在五月上旬離開學校，現在則是八月。過了三個月，快一點的話差不多開始習慣新生活了。

在過去的記憶依然鮮明的時期，萬一他正在設法轉換心情——我的所作所為實在太離譜了，被罵都不足為奇。

可是。

「沒關係……我已經反覆思考過許多次了。」

我已經決定，在這裡要貫徹自我。即使遭到貫之責罵，被拒於門外也在所不惜。

「因為我們需要他。」

因為接下來要創作的作品，以及我們的「故事」，少了他都無法成立。

「…………」

老師沉默了一段時間。

她的眼神依然盯著我瞧。彷彿在質問我：『你這樣做真的好嗎？』

其實我同樣沒有絕對的自信與確信。只不過得到的結論是，對於從未來回到過去的自己而言，這樣選擇最合適。

如果問這樣選擇到底對還是錯，一般人都會認為是錯的吧。但我依然下定了決心。既然如此，我現在可不能動搖。

因為路線已經選擇了。

「是嗎……」

宛如確認我的決心有多堅強，隔了一段充分的時間後，老師才這樣回答我。

「我再重複一次，造成鹿苑寺休學的原因就是你，橋場。」

「嗯。」

「可是。」

老師輕輕嘆了一口氣。

「正因如此，也只有你才能帶他回來。你要知道這句話的意義與份量。」

我彷彿心臟遭到重擊。用力「噗通」跳了一聲，一瞬間我無法接著回答。

或許老師是為我打氣，但我可不敢順理成章地接受。這可是責任，而且相當沉重。老師應該是這個意思。

好不容易平撫情緒後，我僅以這句話，

「……好的。」

回答老師。

◇

之後新幹線順利依照時刻表，抵達東京站。灰沙飛揚的風與吵鬧聲順著伴隨鈴聲開啟的車門湧入。

「哇……好多人喔。」

非比尋常的人流穿梭新幹線的月臺上。雖然我早就見怪不怪，但對奈奈子而言似乎很稀奇。

我掏出手機確認時間，

「該不會太早出發了嗎？」

雖然沒搭首發車，不過我們很早就從新大阪站出發。所以抵達東京時，早晨的尖峰時刻才剛結束。

「啊，志野亞貴寄郵件來了。我回信告訴她，我們順利抵達了喔。」

「嗯，拜託妳了。」

然後奈奈子開始熟練地按手機的按鍵。

當初考慮過帶志野亞貴一同參加這次的東京之行。畢竟我們核心三人組曾與貫之共處，一起去的話應該能更認真地討論。

可是志野亞貴現在正面對作業的工作量高峰。不用說，當然是九路田分配給她的。

我當然不知道她工作的詳細內容，但是很容易想像到，相當耗費工夫。

（之前在白濱的時候也一樣，我沒辦法帶她到處跑。）

如果讓九路田抓到把柄很麻煩。而且他肯定會手握把柄不放，在關鍵時刻使用。

所以志野亞貴與齋川一起留下來看家。

「她回信說路上小心。話說從這裡該怎麼去呢？」

我點頭回應後，打開帶來的首都圈路線圖。

「東京與大阪一樣，有些地區只能搭私鐵前往。」

幸好這次的目的地川越，同時有ＪＲ和私鐵的車站。

不過考慮到電車班次，搭乘私鐵遠比ＪＲ更方便。

「要去川越得搭西武線，然後從大手町改搭東西線。」

比起在西武新宿站轉乘，從高田馬場換車不用走那麼遠。而且讓奈奈子走在新宿站那種人潮中，她很有可能迷路。

「恭也你真厲害，來之前已經查清楚了啊。」

奈奈子邊點頭邊佩服，

（如果能說我原本就住在那裡，要解釋就輕鬆多了……）

我原本就在埼玉縣上班，在川越附近也有經常合作的製作公司，所以去過好幾次。

不用說，我們當然先走出閘門，然後走向大手町站的閘門。穿梭在身穿西裝的上班族與ＯＬ之中，我輕輕調整呼吸。

然後我悄悄從包包內掏出一疊紙張。

使用五十張Ａ４紙製作的資料上，印滿了我們接下來要創作的作品設定與用語。內容還包含已經開始製作的第一部影片中，團隊成員的動向與達成目標。可以說一切都濃縮在這份資料裡。

我翻到資料內的核心部分。

上頭還是一片空白。不是我寫不出來，而是我刻意沒寫。

因為接下來才要填上。這也是我們來到此地的目的之一。

「……上吧。」

下定決心的我，踏實地邁開每一步。

◇

我完全沒做好心理準備。

這天早上，我在疏忽大意中醒來。一同住在共享住宅的兩位學長姊從今天開始不在。我沒有詢問細節，不過學長姊要去勸說這次作業的製作過程中，不可或缺的對象。

見到表情認真的學長姊，剛認識他們不久的我當然沒機會開口。不過我知道，在這種情況下有件事情可以確定。

（這、這樣……豈不是可以獨占亞貴學姊嗎……！）

亞貴學姊當然是指一同住在共享住宅的志野亞貴學姊。我最喜歡這位學姊畫的畫，以及學姊本人。

（啊……好想再擁抱亞貴學姊呢……下次要是能趁剛洗好澡就好了……觸感肯定軟綿綿又溫柔……然後學姊喊我的名字……再摸摸我的頭……嘿嘿……）

所以我立刻會產生這種妄想。

總之就像這樣，我特別期待與學姊獨處，迎接當天的早晨。毫不懷疑妄想化為現實的一天會來臨。

到了當天中午，突然有人拜訪共享住宅。

「打擾一下。」

門口傳來嚴肅的聲音，聽得我一瞬間全身緊張。是河瀨川學姊。雖然她長得漂亮又端正，我私底下很嚮往她。不過另一方面，該說她有點可怕嗎……學姊散發緊繃的氣氛。

總之我先請學姊進來，兩人面對面坐著。結果學姊也沒打招呼，直接開口詢問。

「志野亞貴在做什麼？」

對於這個問題，我深深嘆了一口長氣，

「學姊一直關在房間裡畫畫……」

同時勉強擠出這句話。

沒錯，亞貴學姊從早上就一直關在房間裡，我原本期望的甜蜜空間完全落了空。

而且好不容易見到學姊走出房間，說有話要告訴我，

「美乃梨妹妹，吃飯與其他瑣事暫時要各自解決了，抱歉喔。」

結果只說了這句話，就再度回到房間去。

仔細一想，亞貴學姊會留在大阪，是因為有很多非做不可的工作。不是為了和我開心聊天或玩耍。我完全沒有做好心理準備。

「是嗎，的確很像她呢。」

河瀨川學姊吁了一口氣。

「那妳一個人肯定也感到很寂寞吧。」

「這、這個呢……畢竟亞貴學姊那麼忙，是有一點。」

不過我原本就一直獨居，不至於寂寞到難以忍受。只不過之前那麼多妄想都沒有機會實現。

可是不知為何，

「我知道了。」

河瀨川學姊格外用力地點頭後，

どーん

「不過放心吧，我也會和妳住在一起。」

突然堅定地告訴我。

「…………啊？」

由於這句話太不明所以，我一臉茫然地回答。

「啊什麼啊，就是這個意思。從今天開始我會住在這裡。」

說著，學姊迅速開啟行李。

「請、請等一下，究竟是怎麼回事啊!?」

見到慌張的我，學姊並未停下手邊的動作，

「是橋場拜託我的。」

「學長拜託的……？」

「嗯，他說共享住宅只剩女孩兩人，擔心妳會寂寞。所以問我在他去東京的期間，能不能住在這裡。哪有這樣使喚人的……啊，我已經獲得奈奈子的許可，可以睡在她的房間，不用擔心。」

河瀨川學姊一邊嘆氣，同時迅速整理行李後起身，在我面前扠著手。

然後，

「所以如果妳感到寂寞，可以向我撒嬌喔。」

彷彿發出霸氣十足的音效，學姊說著與強大氣場完全不符的話。

聽得我一瞬間一臉茫然，

「謝、謝謝學姊……」

不過學姊的確關心我，所以我向學姊道謝。老實說，我差點一臉認真地詢問學姊是不是在開玩笑。

在這種情況下，如果有人敢開口「那我就恭敬不如從命囉」，肯定是大人物。話說我根本還沒做好與河瀨川學姊一起生活的心理準備，撒嬌的門檻實在太高了。

（哪有這樣的啊，橋場學長……！）

即使橋場學長總是判斷準確，對這種情感問題卻像門外漢……

（先想想要怎麼和學姊一起度過這幾天吧……）

如此心想的我，同時失落地垂頭喪氣。

◇

好久沒有乘坐東西線，由於與通勤旅客的方向相反，車廂內空位較多。漆黑的地下道車窗上，不時可以見到懷念的站名。

貫之的老家川越，中心地區有三座車站。分別為川越、川越市，以及本川越。雖然分為三座車站有各自的原因，卻會導致外地人有些混亂。

「為什麼要在本川越站下車？」

奈奈子問我，為何選擇西武線的車站。

「因為貫之以前提過一次，說在這座車站搭車。」

貫之幾乎沒有提過老家，但有時候興致一來，會不自覺提起往事。其中本川越這個站名就留在我記憶的角落。

「可是不知道從這座車站，是否比較容易前往貫之的老家。」

「原來如此……畢竟我們又沒有受到他的邀請。」

我們的行動畢竟屬於奇襲，當然完全沒通知貫之。來是來了，但是關鍵的貫之在不在卻得靠運氣。

我們從高田馬場站轉乘西武新宿線，大約一小時左右抵達本川越站。由於今天是上班日，抵達時車廂內的空位顯得格外明顯。走出車站後，映入眼簾的是拱門與建築內的公寓，但最醒目的則是小江戶這幾個字。

川越保留了自古以來的街景，復刻後當作觀光資源。小江戶的意思似乎是「像江戶一樣繁榮」或「讓人感受江戶時代的氣氛」，細節則不得而知。

反正我們不是來觀光的，現在沒必要深入研究。

「好大的城鎮呢……咦，奈奈子？」

「唔……」

仔細一瞧，發現奈奈子皺著眉頭呻吟。

「咦，怎麼了？難道暈車了嗎？」

我擔憂地詢問，結果奈奈子以苦澀的聲音開口，

「這是都市……」

「咦？」

「他的老家……才算是都市……」

聽得我頓時洩氣。

「居然在這種地方較勁啊……」

「可是！他以前一直掛在嘴上嘛！說以為琵琶湖是海的人如果來到他老家，肯定會嚇得腿軟！所以我也嗆他，反正他老家也像東京的陪襯～結果發現是這麼大的城市！當然會感到失落啊！」

聽得我一臉苦笑。

不過這座城鎮看起來的確像「都市」，足以讓奈奈子感到懊悔。

往來行人眾多，也沒有在地都市常見，滿街都是老人的氣氛，而是各年齡層都有。

「總之，這裡就是貫之出生的城鎮。」

環顧四周的奈奈子嘀咕。

沒錯，我反而對這一點感興趣。貫之就是在這座城鎮長大的。在又愛又恨的思緒中，連自己的筆名都用了出身城鎮的名稱。不知道有沒有機會向他本人詢問這座城鎮的故事。

總之我們決定立刻展開行動。

由於已經打聽到他老家的地址，我掏出手機逐個按按鍵調查，同時搜尋路線。若是十年後，這種小事馬上就查完了……一邊心想，同時我透過地址搜尋安排路線。

「查到了嗎？」

我向探頭窺看手機畫面的奈奈子說，

「嗯，但好像不太容易抵達。」

看起來從最近的車站要走一大段距離，才能到貫之的老家。

「就算搭公車，也得從公車站走一段路吧。」

奈奈子咯咯笑並表示，

「呵呵，他老家的所在位置還滿偏僻的嘛。」

「還惦記著那件事啊！」

「什麼嘛，難道恭也你不會不甘心嗎？他絕對會洋洋得意地抓著這一點不放！」

反正我老家王寺（註1）也不是什麼都會區。

---

1 位於奈良縣西北部。

「總之先走吧，不然根本不知道那是什麼地方。」

「對啊，到時候再和他一較高下吧～」

其實她已經弄錯目標了……不過算了。

話說我們也考慮過搭公車，然後步行的路線。但畢竟對當地環境不熟，所以還是乖乖叫了計程車。

坐上計程車，我從車內注視車窗外。只見眼前是一片田園詩情。

川越的市中心林立著還算高的建築，呈現在地都市的風光。不過這附近倒是更像鄉下。

我和奈奈子都沒怎麼開口，坐在後排。

可能以為風景太單調，導致我們在車內默不作聲，

「再過五分鐘就到了。」

司機開口表示關心。

「噢，好的。」

我回答後，跟著吁了一口氣。

暫且來到了貫之的老家，但是接下來的行動才是重頭戲。我的目的是向貫之提議恢復學籍，並且得到他的首肯。理所當然，過程中得面對好幾道難關。

如果要追求慎重，就應該查清楚他目前的立場與心境，以及目前身處的情況後再

行動。光靠胡亂摸索，情況也不會好轉。

（可是我們沒時間從長計議了。）

大學要辦理復學手續，每一學期都有期限。如果八月底前沒有申請，就會趕不上下學期的課。

當然只要支付學籍費，明年四月也可以回到學校。不過考慮到他的心情，最理想的情況還是在八月底的期限前決定。

但這終究是對我們比較方便。貫之目前究竟生活在什麼樣的環境呢，看情況有可能會變成長期抗戰。

「啊，到了呢。」

聽到奈奈子的聲音，我抬頭一瞧，發現計程車已經停在路旁。

（終於要面對了。）

我輕輕吸了一口氣，望向車窗外。眼前是一片平凡無奇，一望無垠的藍天。

然後出現在我們面前的，是一座大的不得了的豪宅。

「是這裡啊……」

「真不得了……」

一開始我們就受到震撼。

剛才坐上計程車，告知地址與名字後，司機一聽名字就說「哦，是鹿苑寺醫生家啊！」絲毫沒給我們猶豫的時間。實際上接近貫之老家後，才發現他家實在太好認了，根本不需要猶豫。

廣闊的土地圍繞在巨大門梁與圍牆之間，一棟兩層樓的大豪宅座落在正中央。庭院內種滿了樹木，看起來就像一座公園。

門宇十分氣派，人員進出的門口旁，有一道寬度可容納兩輛車的大型鐵捲門。另一側可能並非車庫，而是通往宅邸內的好幾座停車場。

一目瞭然，貫之的老家是座豪宅。

「這到底幾房幾廳幾衛啊……」

喃喃自語的奈奈子，完全聽不出剛才較勁的念頭。面對這座豪宅，住的地方是不是都會區已經不是重點。

「可能多達兩位數了……」

除了連續劇或新聞，我可沒見過十個房間以上的房子。

不過在大門口無所事事還探頭探腦，別人看了可能會報警，所以我戰戰兢兢按下門鈴。

「您好。」

過了不久，響起女性的聲音。

「不好意思突然拜訪。我是貫之的朋友，名叫橋場。請問貫之在家嗎？」

我盡可能保持冷靜回答後，

「少爺今天一大早就出門了。請問您與少爺有約嗎？」

「不，只是稍微路過附近……」

「那麼不好意思，能不能請您直接和少爺約個時間呢？我們不方便讓事先沒有約好的訪客進入……」

對方極為冷靜又堅定地拒絕了我。

「我知道了，不好意思。」

『嘟』一聲之後，對講機的聲音隨之中斷，奈奈子跟著聲音慌張地開口，

「怎怎怎怎麼辦，恭也，貫之真的是少爺呢。剛才那是女傭吧……？」

「應該是……」

「原來……真的有女傭啊。嚇我一大跳。」

有女傭的家庭肯定很罕見。我從小學到高中，沒有同學的家裡有女傭。

不過世界上有許多超級有錢的人。只不過正好與自己沒有交集，這些有錢人當然會住在這種豪宅，過著佣人伺候的生活。

「該怎麼辦，還是打電話試試看？」

「也對。」

既然他不在家，老實說我真的束手無策。所以我試著撥打貫之的手機號碼。

過了不久，我靜靜地切斷通話，闔上手機。

「……果然，這事可能很難搞定。」

「咦，難道被貫之封鎖了嗎？」

將手機收進口袋，我同時回答「不是」。

「他換了手機號碼……」

「咦……」

奈奈子驚訝地啞口無言。

雖然某種意義上不出我所料，但我還是受到一點打擊。畢竟我私底下一直以為，即使發生了那些事，他也會保留最後的聯絡方式。

但是換手機號碼可能也出於他的體貼。如果沒換號碼卻封鎖我，我肯定會更難受。

「看來真的只能到處找人了。」

奈奈子嘆了一口氣表示。

電話的問題姑且不論，其實我早就有不會順利見到他的心理準備。於是我自行展開下一階段的行動。

「到貫之可能會去的地方一一碰運氣吧。或許會偶然遇見他。」

在直接見面對話之前，總之先嘗試能用的手段。

◇

接下來前往鹿苑寺醫院，該地由貫之的老家經營。

之前聽貫之說過，連同他父親與兄弟在內，幾乎都當醫生。加上剛才司機說的話，我原本推測是在地很有名的醫院，

「結果比想像中還要壯觀呢……」

有一棟八層的高樓，另外還有幾棟建築。入口處有一座大型圓環，氣氛彷彿旅館一樣。

我和奈奈子從圓環抬頭仰望高樓，對醫院的氣派啞口無言。

「我、我之前以為啊，既然是醫院，應該是在普通城鎮上，比獨棟建築略大一點吧。」

「……嗯。」

「話說這間醫院會不會太大啦？超級大耶？難、難道貫之真的是少爺嗎……？」

應該八九不離十，而且是相當有錢的少爺。看到他老家時我就依稀感覺到，即使是在地望族中應該也名列前茅。

貫之和我們根本是不同世界的人。親眼目睹這一點後，我舔了舔乾澀的嘴脣。

（一旦展開交涉，可能會相當辛苦……）

即使顫抖，我們依然表情嚴肅，面對大樓。

站在大型自動門前方，門立刻無聲朝左右開啟，寬廣的大廳隨即映入眼簾。

我覺得這間醫院的優點，就是不像醫院。由於性質特殊，難免瀰漫著藥物的氣味。不過暖色系的牆面與地板感覺很溫暖，裝潢顯然有考慮避免造成患者多餘的緊張。

可能因為是大醫院，除了門診掛號以外還有綜合櫃檯。總之我先嘗試向坐在櫃檯的女性開口。

「不好意思，請問這裡是鹿苑會……鹿苑寺醫生的醫院吧？」

大姊微微側著頭，

「嗯，是的……請問有什麼事情嗎？」

略為提高警覺地回答。

「我們是鹿苑寺貫之的朋友，想知道他是否在這裡。」

結果大姊一瞬間放鬆警戒，

「哦，真難得，是貫之先生的朋友？」

「是、是的。」

「是嗎，原來他也確實交到朋友了啊。稍微放心了呢。」

大姊似乎私底下認識貫之，不等我們開口，就開始聊起貫之的事情。

「雖然他小時候也經常來醫院，但差不多上國中後，就和醫生少爺相處得不太好。啊，醫生少爺是貫之先生的父親，也是院長。之後貫之先生就幾乎不來醫院了。」

聽說貫之離開大阪，回到川越後，一個星期會在醫院露面兩三次。

不過他似乎尚未在這裡工作。而是一邊幫忙做家事，同時為了逐漸了解工作內容而到處打招呼。

「今天他還沒來，大概還在平時行經的路線中途吧。」

「路線嗎。」

「沒錯。貫之先生去的地方都是固定的，即使不打電話也能立刻找到他喔～」

說完，大姊笑著告訴我們貫之常去的地方。我們向大姊道謝後，便離開醫院打開地圖。

「書店，電影院，文具店，咖啡廳，是嗎。」

如此就不用亂找一通了，遇見貫之的可能性大增。

「都集中在車站附近，應該可以全部逛完吧。」

奈奈子的聲音似乎也恢復了一點精神。

「嗯，反正時間還早，就一間一間碰運氣吧。」

有直達巴士從醫院發車，所以我們上車回到本川越車站前。

從圓環往後走的第一條馬路，是一條相當長的商店街。這條路的主要客源並非觀光客，而是生活在這座城鎮的居民。舉凡日用品或食品，在這裡幾乎都買得到。

「人潮突然變多了呢……」

面對大批人潮，奈奈子嘴裡嘀咕。剛才的恬靜氣氛消失無蹤，附近充滿了喧囂。不分男女老幼都忙碌地走在街上，與站在原地的我們擦身而過。

「除了電影院以外，好像全在這條路上。」

我再度打開地圖，確認地點。文具店就在幾步路遠的位置，書店與咖啡廳則要走一小段路。似乎只有電影院在稍微遠的距離。

「好像在偷看貫之以前的模樣。」

一邊望向林立的店鋪，奈奈子同時苦笑著說。

「嗯……可以窺知一二。」

不時會見到穿學生服的男生。那就是貫之以前的模樣。短短兩三年前，他肯定也像這樣走在街上，走進熟悉的店，腦子裡東想西想。

目前我們正順著他的足跡，追尋現在的他。說不定有他不想讓我們知道的東西。連剛才在醫院也一樣，如果沒有這件事，我們肯定一輩子都不知道。

即使感到有些坐立難安，我們依然邊走邊找他。

文具店陳列的商品頗為時髦，感覺很舒服。書店坐落在商店街鬧區，連專門書籍與引人注目的類別都很齊全。咖啡廳則能感受到歷史與風格，還飄出剛磨好的咖啡豆香氣。

雖然都可以感受到貫之的氣氛，卻也沒發現他的蹤影。

「最後是……這裡。」

從書店路一直往北穿梭，再進入一條路後方的巷子。座落一棟彷彿隱藏自己的陳舊電影院。

看起來從明治時期就成立，老舊的建築與招牌隨處可見象徵時代分量的傷痕與霉斑。可能還整修過許多次，許多地方新舊同時混在一起，彷彿進一步顯示這間電影院度過了多少歲月。

入口旁擺了一塊黑板。上頭以手寫註明了目前在上映的作品。

「不論日本片或西洋片，全都是沒聽過的作品。」

奈奈子感覺很好奇地盯著上映電影一覽表。

有電影雜誌或電臺的批評而掀起話題的作品。也有出身當地的電影導演，以川越為舞臺拍攝的愛情故事。作品都富有強烈的個性。

這裡播放的不是在影城上映的大片，而是囊括小眾作品的迷你劇院。貫之在這裡感受到魅力，因此頻繁來到這裡。

「都是貫之可能喜歡的標題。」

以前教他欣賞電影的前輩，似乎本來就是這種小眾作品的粉絲。受到前輩的影響，貫之也愛上了這些不受大眾青睞的作品。

「他經常來這裡看電影嗎……」

「應該是。」

其實我帶有幾分確信，貫之肯定照樣常來這裡。即使他封筆，也不可能完全放棄。

為了追求最喜歡的故事，他一定會來。

「咦……烏雲出現了呢。」

奈奈子抬頭仰望天空。

剛才還晒得我們皮膚刺痛的太陽，不知何時已經被大片烏雲遮住。從烏雲縫隙灑落的強烈光線，就像極光一樣照向地表。

紫色的空氣輕飄飄籠罩我們。原本塵土飛揚的乾燥空氣隨著濕度增加，開始變得沉重。

要下雨了。

就在我和奈奈子不約而同產生這種感覺的瞬間。

「你們……怎麼會在這裡？」

從大馬路的方向傳來聲音。聽起來十分熟悉。

我們幾乎同時轉過頭去。

「貫之──」

面前的貫之，與那一天分別時一模一樣。

不論短髮、細長的眼睛，瘦削的高䠷身材。每一項特徵都與記憶中的貫之絲毫沒變。不，他比當時氣色更好，看起來甚至更有精神。

我原以為有機會向他開口。如果貫之變化太大，見面的當下一切就結束了。就算告訴他我們的想法，他肯定也聽不進去。

可是如今在我們面前的貫之，彷彿就像當初剛遇見的時候。當時的他充滿活力與野心，對創作傾注一切熱情。

「貫之，我……」

所以我率先開口。

我們需要你，希望你能回來。然後再一次共同創作吧。要求很簡單。正當我張開嘴，準備勸說貫之時，

「拜託，別鬧了。」

咋舌與尷尬的聲音阻止了我。

「好死不死，竟然會在這裡見面。」

很顯然，他不歡迎我們。不僅沒有對偶然的重逢感到高興，反而嫌我們麻煩。

我一瞬間便發現不對勁。面前的貫之乍看之下與以前一樣，但是僅限於外表。

「你向醫院的人打聽過，我經常在這裡嗎？」

「噢，對。去老家發現你不在，才前往醫院。」

我本來還想說，連你的手機都打不通，

「哼，居然還跑到老家來。難道你以前當過偵探嗎？我不知道你想做什麼，可是偷偷摸摸打聽隱私讓我很不爽。」

結果貫之不爽地抓了抓頭。

「怎麼說這種話啊，還不是因為你換了號碼，才無法打電話聯絡你。」

就在氣氛愈來愈糟時，奈奈子從旁插嘴。

「電話？噢，對啦，我換了號碼。心想反正你們也不會打電話給我。」

貫之露出自嘲的笑容。

「所以呢？如果想逛逛川越的話，去找觀光協會的大叔吧。他肯定會畢恭畢敬幫你們介紹啦。」

我們當然不是來觀光的。

而是做好心理準備，並且籌畫已久。如今說出口的時刻終於來臨。

資料在我腦海中一頁頁翻過。我感覺到，「故事」的齒輪發出喀嚓的聲音開始轉動，

「貫之，我們不是來觀光的。而是來帶你──」

我正要說出『我們是來帶你回去的』，

「別再說了，恭也！」

結果貫之語氣嚴厲地阻止我。

緊接著是一陣沉默。走在不遠處，高中生模樣的情侶以為發生了什麼事情望向我們。孩子們嬉鬧著跑來跑去的聲音，從熱鬧的大馬路方向響起。

不論是我還是奈奈子，都被貫之的嚴厲措辭嚇到。他的抗拒實在太強烈，導致我無法繼續開口。

「我當然知道你想說什麼。自從回到這裡之後，我同樣反覆想過這件事啊。」

他的聲音與這番話相反，平靜得彷彿看開了一切。

「但是我已經通通做個了斷。如今我終於逐漸適應這種無聊到爆炸的日常生活，事到如今別再來煩我了。」

不久他輕輕嘆了一口氣。

「一切都結束了。」

以肯定的語氣表示。

「等一下，貫之，怎麼就結束了啊。」

我伸出手試圖喊住貫之，他卻一把甩開。

「拜託你們回去。」

丟下這句話後，隨即準備走出巷子。

我一句話都還沒說。如果就此結束的話，我會搞不懂當初為何要來找他。

可是如今，我不知道該怎麼對他開口。

在我的腦海拚命思索如何回答時，

「貫之。」

奈奈子的聲音從一旁喊住了貫之。

「……怎樣啦。」

可能感到意外，貫之停下腳步，轉頭望向我們。

奈奈子哼了一聲，跟著伸出手來。

「怎麼了？難道妳還要威脅我嗎？都幾歲的人了……」

喋喋不休的貫之，被奈奈子中途打斷。

「號碼。」

說著，奈奈子進一步朝貫之伸手。

「啊？」

「快點。發生什麼事的時候，要是聯絡不到很麻煩吧，給我。」

面對奈奈子的堅持，貫之忍不住苦笑，

「拿去，可別打給我啊。」

從口袋掏出筆記本，快速寫完後撕下一頁交給奈奈子。

「再見。」

然後貫之就這樣緩緩走出了巷子。

面對他離去的身影，我完全開不了口。只能注視他默默的背影。

◇

我們從電影院再度回到商店街的馬路，走在通往站前旅館的路上。此時正好碰上人多的時刻，我們在從車站回家的人流中逆行，持續前進。

即使已經預測貫之會有這種反應，但親眼見到，我還是很難過。

貫之親口說出『已經結束了』。如果他已經安排好今後各方面的事，就需要付出很大的努力才能推翻。

（從明天開始，情況會更嚴苛吧。）

即使突然前途多舛，還是得先思考對策才行。

總之我向走在身旁的奈奈子開口。

「要直接回旅館嗎？其實也可以直接去吃飯。」

我一問之下，她搖了搖頭，

「不，等一下再吃。更重要的是……」

然後奈奈子嘆了一口氣，

「真是的……」

「咦？」

狠狠朝空無一物之處踢了一腳，

「我們難得來到這裡，他怎麼這麼沒禮貌！我剛才差點想追上去，一腳踹他的屁股！」

皺起眉頭的奈奈子，說出聽起來很危險的話。

「我不知道他發生了什麼，可是連說都不說就逃跑，實在太差勁了吧？至少聽我們說完再……」

見到奈奈子難得露出的暴力，我有點茫然。

她似乎察覺我的異狀，頓時面紅耳赤。

「啊，噢，這個，我不是真的想踹他啦。只是覺得不太舒坦而已。」
「知道啦。」
即使一臉苦笑，我依然在心中感謝奈奈子。
如果只有我一人，肯定無法忘記剛才的衝擊，帶著沉重的心情思考下一步。
不過奈奈子露出和以前一樣的態度，讓我對剛才發生的沉重插曲感到寬心一些。
即使不知道結果如何，但是毫無疑問，剛才的時間點很適合切換心情。
（而且還打聽到貫之的聯絡方式。）
我從口袋掏出寫著貫之手機號碼的紙片。當時如果奈奈子沒有開口，差一點就失去再會的線索了。
「之後得想想，從明天開始該怎麼做才行。」
「嗯，對啊。得好好罵罵那個耍帥的傢伙。」
說著，奈奈子擺出犀利的拳擊架式。
看得我自然地呵呵一笑。
「還好奈奈子妳有跟來。」
這句話對我而言，是出於自然的感謝，
「咦……？噢，嗯，嗯……」
但奈奈子卻露出困惑，或者該說害羞的表情。

走著走著，不久後抵達了旅館。從入口走向大廳後，我向櫃檯告知房間號碼，接過鑰匙。

「來，奈奈子。」

手握鑰匙的我轉頭望向奈奈子，發現她有些心神不定地左顧右盼。總覺得還有點臉紅。

「奈奈子？」

「噢，嗯，抱歉……」

依然心不在焉的奈奈子，始終沒有看向我。

「怎麼了？有點累了嗎？」

我開口一問，奈奈子便搖搖頭，

「不、不是啦。我不是感到累，身體很健康，而是，這個……」

她的臉變得更紅，

「我和你一起，來到這種地方了呢。」

重複剛才說過的話。

「是沒錯，怎麼了嗎？」

奈奈子將手中的鑰匙捧在胸前，偷瞄了我幾眼，

「我的意思是，這次旅行只有我們兩人……」

「……！」

對、對喔！

之前我滿腦子都是貫之，完全沒想到這件事。

聽她這麼一說，這趟旅行的確是男女兩人共處。如果完全是私人行程，或許我還會想到。但是這次情況特殊，我才一直沒發現。

不過奈奈子顯然早就發覺。該不會在去程的新幹線內，她一直在思索這件事吧。

況且最近她對我的關係也逐漸產生了變化……

這麼一來，我可能再度因為自己的遲鈍，導致奈奈子難為情。

在我一臉茫然，不知如何回答她時，

「抱、抱歉！我當然知道你是為了貫之而來，跟這種事情無關！我知道無關！」

奈奈子主動表示「剛才那句話當我沒說」的態度，讓我多少覺得得救了。

「當、當然，我知道啊。哈哈，哈哈哈哈。」

我們兩人在商務旅館的大廳，僵硬地相視而笑。在旁人眼中肯定相當擾人。

「呃，總之先回房間吧……」

「嗯，好……」

為了掩飾彼此的難為情，我們默默回到自己的房間。

「好的，我知道了。嗯，我會轉告亞貴學姊與河瀨川學姊。拜拜。」

掛斷電話後，我吁了一口氣。

◇

「如何？」

「學長說，今天還沒有機會好好談，從明天開始才是重頭戲。」

河瀨川學姊簡短回答「是嗎」，便回去準備晚餐。

「趕快吃吧。齋川，幫我盛飯。」

「好、好的。」

我依照學姊的指示，打開電鍋盛裝兩人份的飯。

「啊，這個……亞貴學姊她……」

「她說之後再吃，幫她留一點。」

「唔……也、也對。」

我失落地垂頭喪氣。

亞貴學姊一如她所說，獨自吃今天的晚餐。因為學姊全神貫注在工作上，趁休息時間搞定吃飯洗澡等所有事情。貫徹到底的態度雖然讓我感到佩服，

「開動了。」

「……我、我開動了。」

但是，能不能為單獨與河瀨川學姊吃飯的我著想呢……

「今天抽不出太多時間，所以我做了涼涮豬肉沙拉與味增湯。醃菜是市售的，不過相當美味喔。」

「謝謝學姊，真的很好吃。」

我這句話沒說謊，可是老實說，實在提不起食慾。

畢竟面前的人是河瀨川學姊。根據傳聞，學姊自從入學就一直維持全系第一名。不論知識或實技，都沒人比得上她。

面對無所不能的橋場學長，不只毫無畏懼之意，甚至還能駁倒學長。讓我覺得她好厲害。

這麼厲害的人竟然為了我們準備晚餐，光是這樣就讓我神經緊繃，感到過意不去。現在竟然還兩人單獨用餐，我不禁心想，這樣真的好嗎？

理所當然，吃飯的過程中彼此幾乎沒有交談，

「想再吃一碗的話就說吧。」

「好、好的，謝謝學姊。」

緊繃的氣氛讓我差點喊出 Yes sir，真希望讓其他人幫忙分擔。另外謝絕退換。

我平淡地吃著晚餐。菜餚很美味，而且我也不討厭學姊，甚至可以說喜歡。但唯

有充滿緊張感的餐桌我實在沒輒……不開玩笑。

想找個話題聊天的我，開口表示。

「有件事情想請教學姊，方便嗎。」

「如果我能回答的話，可以啊。」

學姊可能會說『如果提到私事就宰了妳』。

我膽戰心驚的同時，戰戰兢兢地開口。

「橋場學長他們要帶回來的人……究竟是什麼樣的人呢？」

沒錯，其實我還不知道對方是什麼樣的人。

橋場學長他們沒有提及，所以我也沒問。但如此刻意隱瞞他的名字，我實在有點好奇。

和我一樣是大一的嗎？還是與學長姊同為大二？難道是高年級學長？謎團愈來愈多，我的想像愈來愈天馬行空。

「……妳果然會在意呢。」

「對、對啊。如果不知道的話，無論如何……咦，學姊？」

仔細一瞧，河瀨川學姊深深嘆了一口長氣，

「橋場也真是的，為什麼一句話都不解釋就出門了啊。明知道留下來的我得負責說明。可是又吩咐我暫時先別告訴大家，他這人就是這樣，就是這一點討厭！」

如果是搞笑漫畫，學姊可能會折斷一兩根筷子。只見學姊散發憤怒的氣場，像火山爆發一樣暴怒。

「學學學學姊，可、可以了，可以了啦！拜託？吃涼涮豬肉吧，涼涮豬肉！」

我拚命安慰學姊，同時也想罵一罵橋場學長「就是這一點討厭！」不對，等學長回來後要罵罵他。絕對要！

◇

隔天，我們首先召開作戰會議。

漫無目的找貫之談話沒有意義。所以要再次思考勸說的材料，或者該說如何開口。

離開旅館走在大馬路上，沒多久便進入氣氛良好的商店街。左手邊有一間外部裝潢成馬車模樣的咖啡廳。

據說貫之常來這間店。

其實也可以討論在旅館。但我看準或許可以從私下了解貫之的老闆口中打聽到情報，才選這間店。當然我已經知道貫之不在店裡。

「聽說他今天不會來。他通常好像在星期一、三、五與六來，二、四則不來。」

今天正好是星期四。除非貫之突然改變心意，否則他應該不會出現在店裡。

打開有些沉重的店門後，頓時傳來磨咖啡豆的芬芳香氣。以虹吸管煮熱水的聲音微弱地響起。

老闆大叔以和藹可親的聲音，從門口右手邊不遠的櫃檯向我問候。

「哦，今天也來了啊。歡迎光臨。」

年齡大約五十歲。完整的飛機頭髮型十分適合老闆，散發年輕的氣息。

「嗯。請問……今天他還沒來吧？」

一問之下，老闆便咧嘴一笑搖頭。

「放心吧。昨天我也說過，他星期四不來。」

我和奈奈子互望一眼，然後走向後方的桌位。

可能因為才一大早，店內還有很多空位。昨天大概是午餐時分，店內座無虛席。

今天除了我們以外，只有一位大叔顧客在右後方的座位看報紙。

（是退休的上班族嗎？還是管理階層之類？）

大叔一頭浪漫灰色髮，有鬍鬚，還穿筆挺的西裝。早晨的陽光從窗戶灑落室內，他靜靜看報，喝著咖啡的模樣十分有型。

不好意思聊得太起勁打擾對方，所以我們坐在正對面的左後方。

「我要熱咖啡，還有牛奶咖啡。」

「好的。」

總之先點飲品後，

「接下來該怎麼辦呢。」

我們開始聊接下來的事情。

「既然已經成功向貫之開口，想想如何讓他從放棄一切的情況當中回心轉意吧。」

他的語氣還很有精神，身體似乎也恢復了健康。可是關鍵的心情似乎已經完全遠離了創作。

要是缺乏契機，他只會重複那一句「一切都結束了」。

「不過啊。」

奈奈子接著開口。

「他真的認為一切都結束了嗎？」

「咦？」

「意思是，貫之會為了愛面子而刻意逞強啊。他的反應不是可以解讀成不敢主動回去，要等你開口才同意嗎？」

店長幫我們端來咖啡與咖啡牛奶。奈奈子喝了一口咖啡牛奶，吁了一口氣。

「他擔心和你一聊就會被說服，才在你開口前逃之夭夭吧。在我看來像是這樣。」

聽奈奈子這麼說，或許可以解釋貫之的抗拒態度。

「也對，或許他認為當下拒絕，我也會放棄勸說。」

貫之在我開口之前就提高警覺。反過來也可以說，一旦我開口，他的心情就會動搖。

但就算這樣告訴貫之，他也會進一步封閉自我。必須想個方法，讓他認清自己依然「還有熱情」。

「要是有什麼線索就好了……」

任何小事都行。只要能讓貫之感受到對創作的熱情，應該就有機會繼續聊下去。

似乎關心手扠胸前，一直低頭沉思的我，

「要是想太多也只會愈來越沉重，要不要轉換心情，到外頭走走？」

奈奈子開口，並且望向店外。

「我想多看看貫之居住的城鎮……況且或許有機會找到提示。」

「也對，去走走似乎也不錯。」

反正又不是觀光，散散步的確是不錯的選擇。就算無所事事，光是走路都能刺激思考。

我一邊看著手機的地圖程式，同時思考離開咖啡廳後的路線時，

「啊，兩位請留步。」

突然有人喊住我們。

仔細一瞧，老闆正看著我們，面露微笑。

「聽說你們接下來要去走走？」

「嗯，機會難得，想稍微逛逛。不過……」

我們不是要逛觀光景點，不需要介紹給我們。我本來想繼續這麼說，

「那正好！」

「咦？」

「現在啊，觀光協會理事長似乎在店裡很閒。機會難得，應該可以讓他帶領你們！」

「咦？」

觀光協會？理事長？

現在店裡除了我們，不是只有一人嗎……

如此心想的我，望向剛才在右後方的男性，

「喂，哪有這樣的啊……」

對方即使語氣平靜，依然露出不情願的態度瞪向老闆。

「有什麼關係，這種機會很難得啊。就當作巧遇吧，好不好？」

老闆感覺毫不在意，繼續開口。

「呃，其實我們不打算觀光，只是想稍微走走而已……」

在我想竭力阻止事情發展時，

「……好，我知道了。」

男性平靜地點頭後，一口氣喝光剩下的咖啡，突然站起來。然後仔細折好剛才在看的報紙，跟著走向我們的座位。

接著，

「老闆說得沒錯，這可能也是緣分吧。那就由我帶兩位逛逛川越，敬請多多指教。」

如此表示後，禮貌地向我們行禮。好像在求職季宣傳影片上看到的一樣端正。

「啊……呃，這個……」

面對困惑的我們，男性絲毫不為所動，依然維持行禮姿勢。

既然對方態度這麼誠懇，除非有特殊原因，否則很難推辭。

「請您多多指教……」

完全無處可逃的我們，無法抵抗突如其來的發展，就這樣展開川越觀光之旅。

第二章　踐踏他的城市

「不好意思這麼突然。」

剛出咖啡廳後，大叔便立刻低頭致歉。

「啊，不會，別這麼說。」

「那位老闆個性輕浮，很容易提出那樣的意見。如果真的造成兩位的麻煩，那我就離開……兩位意下如何？」

即使沒有造成麻煩，在這種情況下，我們也不敢冷淡地拒絕大叔。於是我和奈奈子互望彼此，輕輕點頭，

「完全不會麻煩，那就麻煩您帶路了……」

如此回答後，大叔的表情跟著略為和緩，

「知道了。那就再次邊走邊向兩位介紹這座城鎮吧。」

輕咳一聲後，大叔緩緩邁開步伐。

我們也跟著大叔，走在一旁。

「首先，兩位知道小江戶這個名稱嗎？」

「嗯。像是車站前的招牌，以及小冊子上都有記載。」

大叔點點頭後，

「在江戶時代，川越原本是親藩（註2）、譜代大名（註3）的川越藩城外鎮。由於與江戶關係深厚，因而得名小江戶。」

之前隱約猜到是像江戶的城鎮，不過我第一次知道與江戶原來有這一層關係。

「後人決定留下直到明治時期都別具風情的街道。於是誕生了保持當時氣氛的川越市鎮。」

根據大叔的說法，這附近保留相當多有一兩百年歷史的建築。而且依然當成實際店鋪之類利用。

（我倒是產生了一些興趣呢。）

原本我就喜歡走在這種歷史風情的城鎮。之後再花時間思考貫之的問題，目前先讓大叔嚮導我們也不錯。

「那麼首先，這一條是大正浪漫夢通。」

聽完我環顧四周，發現果然沒錯，周邊的確充滿大正時期風格的建築物。

「這條原本是帶有昭和氣氛的拱門街，不過到了平成時期後轉變了方針。不僅保

2　與德川家有血緣關係的藩屬。

3　代代效忠德川家的大名，地位僅次於親藩。

存以前流傳的建築，新式建築也設計成大正風格，打造出這條街道。」

建築物乍看之下混凝土外露，給人粗獷的印象。不過屋頂與窗戶的形狀帶有曲線，顯得別出心裁。如果所有建築物都要配合街道的形象如此設計，可是相當大的工程。

悠哉地走在路上，大叔同時向我們接連介紹那間店賣什麼，那棟建築有什麼歷史。不愧是觀光協會的理事長，似乎對這座城鎮瞭若指掌。

不過要這樣逛知名景點的話，時間根本不夠吧……如此心想的我，向奈奈子開口。

「怎麼辦，要不要找地方告訴大叔，然後道別……」

仔細一瞧，發現奈奈子掏出在旅館拿的觀光嚮導手冊，仔細盯著某些內容。她相當認真。似乎嘴裡還喃喃念著手冊上的內容。

「奈奈子？」

我再度喊她後，

「啊！有、有有有什麼事，恭也!?」

奈奈子露出明顯的慌張態度。

她還試圖將剛才仔細看的手冊藏在身後。似乎上頭有什麼內容不能讓我看見，她直接將手冊收進口袋內。

「妳在看什……」

「沒有！什麼也沒看！」

……肯定在看吧，雖然我不知道內容。

既然無法深入追問，於是我保持沉默，

「那、那就走吧！大叔已經走到前面去了！」

奈奈子試圖轉移話題，快步追上走在前方的大叔。

「她剛才到底看到了什麼啊……？」

包括昨天在旅館的小插曲，對奈奈子的行動感到疑惑的同時，我依然追上她與大叔。

偶然開始的川越觀光之旅，似乎還會持續一段時間。

◇

這裡是美術研究會的社辦。由於我也是社員，平時會在社辦露面。聽說社團是很輕鬆的地方，美術研究會還是特別悠哉的社團，所以當成療癒剛剛好。但可能不太適合特地前來學畫畫的人。

不過最近，社團開始有些不穩定的跡象。

不對，不穩定這個詞可能有些語病。「不穩定」會讓人感覺烏雲密布，彷彿隨時都會下起大雨……

但是日前籠罩在社團的不穩定跡象，則是甜到膩人。彷彿從粉紅色的雲朵中落下的是糖果，而非雨滴。

「接下來！我想決定今年學園祭要舉辦的活動！」

營造不穩定氣氛的源頭，社長桐生學長當著所有社員面前，高聲宣布。

「我想提議的是女僕咖……」

「絕對反對！齋川妹妹好不容易入社，我可不希望嚇跑她，又變回以前漫無目的的社團！」

「反對打壓言論自由！樋山妹，為什麼要反對所有我說的話啊！」

「因為！原因！自從我遇見你的時候！就一～～～～直在說了！」

桐生學長吵吵鬧鬧，樋山學姊則動手制止桐生學長。其他社員不是打呵欠就是在看漫畫，分別自由活動。起先我也以為這樣很異常，過了一段時間才發現是社團的日常。

桐生學長拚命搏鬥，同時高聲主張要在學園祭舉辦女僕咖啡廳。去年也舉辦過，有亞貴學姊、奈奈子學姊，以及不知從哪裡找來幫忙的學姊。眾人打扮成女僕的模樣非常亮眼，似乎盛況空前。相較於桐生學長心滿意足，樋山學姊則一臉打從內心厭倦的表情。

「可是！光是舉辦這項活動，賺到的錢就足以支付一整年的社團經費了耶！怎麼能不辦呢！竹中平藏（註4）都會贊成的！」

「才不會！更何況齋川妹妹才剛發生那種事，而且去年志野亞貴妹妹差點就出了事！這你要怎麼解釋！」

桐生學長瞄了我一眼，

「沒有啦，齋川妹妹碰到這種事的話，大概會狠狠甩對方一巴掌……」

「請不要以我會扮成女僕為前提！不過我應該會揍對方……」

「不行喔，齋川妹妹！如果有任何鬆懈，這個大叔就會立刻趁虛而入，所以絕對要拒絕他！」

「看，齋川妹妹也同意了啊。」

「她哪有！說她同意！了啊！我揪你的耳朵喔！」

社長與副社長繼續搏鬥之下，杉本學長與柿原學長兩人都一臉漠不關心。

「請問……兩位學長沒有什麼要說的嗎？」

「有什麼可說的？」

4　小泉內閣的經濟與財政大臣。

「不如說同樣的場景看太多次，還希望他們演些新意呢。」

新意啊。如果比我多看兩三年同樣的戲碼，或許也會有同樣的感想。

「不過話說回來。橋場學弟與志野亞貴妹妹不在，社團的平衡果然就很差呢。」

杉本學長喃喃嘀咕。

「就是說啊。橋場學長是真的不在，不過亞貴學姊……」

她在家。在是在，但是無法出門。

因為製作影片的工作達到了高峰。那項工作究竟有多辛苦，我不清楚詳情。不過學姊關在房間內的時間長短如實反映了這一點。

河瀨川學姊不時會擔心地探望。亞貴學姊才彷彿回過神來一樣用餐，所以還能放心。

「欸，齋川妹妹！妳可以再幫我狠狠罵這個笨蛋嗎？罵他怎麼可以舉辦女僕咖啡廳，開什麼玩笑！」

「喂！這樣很賊喔，樋山妹！不過被齋川妹妹露出冰冷的眼神臭罵一頓，或許也不錯好痛好痛好痛！」

爭執不休的兩人，試圖突破陷入膠著的戰況，終於正式拖第三者下水了。

（女僕咖啡廳，是嗎……）

若在這種情況下贊成，會覺得樋山學姊好可憐。而且如果順著桐生學長的意，的確也可能有危險。

但其實我內心覺得，試試看也不錯。上次打工那件事情已經落幕，之後一直沒有參加活動。其實我的 Cosplay 欲望始終高亢，正苦於無法紓解而心癢難耐。

（有沒有能取代的活動呢……）

「啊。」

結果我不小心脫口而出。

「欸，齋川妹妹有什麼想說的嗎？」

「咦，要、要罵我嗎？那乾脆踩我算了好痛好痛！」

面對樋山學姊，以及被勒脖子的桐生學長，

「這個……我還是覺得女僕咖啡廳不太好。」

我這麼說，樋山學姊頓是滿臉笑容，勒學長脖子的手更加使勁。

「你看！齋川妹妹果然不情願吧！」

「嗚……嗚噁……」

然後我繼續向宛如勝負揭曉的學長姊開口。

「不過 Cosplay 咖啡廳的話……我覺得可以。」

一瞬間，社辦內靜得出奇。所有社員都看我，露出啞口無言的表情。

「呃，這個，齋川妹妹，妳剛才說什麼……？」

樋山學姊露出難以置信的表情問我。

「咦，我剛才，說的是，Cosplay 咖啡廳……」

「Cosplay 是指，打扮成動畫、遊戲或電影角色的模樣嗎？」

「嗯，沒錯。」

樋山學姊「啪噠」一聲闔起剛才茫然張開的嘴，然後一把推開桐生學長，急速跑到我身邊。

「妳、妳妳妳妳妳說什麼啊齋川妹妹!! 難道被這個笨蛋毒害了嗎？趕快恢復清醒吧!!」

「我、我沒事的，樋山學姊！我一直很正常……！」

「可、可是，拜託，Cosplay 咖啡廳，Cosplay 咖啡廳耶！如果是他說的就算了，最有常識的妳怎麼也跟著起鬨呢……」

我伸手搭在樋山學姊的肩膀上，輕輕闔起眼睛。

「學姊對不起，但我的確說過。這是事實。」

「怎麼會這樣……」

可憐的樋山學姊，當場癱坐在地上。取而代之，像色瞇瞇大叔的社長瀟灑地站起身，一副「我出運啦！」的態度。

「沒錯！就是這樣，齋川妹妹！妳果然很懂大叔的夢想與浪漫喔！」

「不，老實說，我認為那只是男人慾望的結晶。」

結果部長「噗哇！」一聲栽倒在地上。

「其實妳有想法吧，齋川？能不能說來聽聽呢。」

在社長與副社長雙雙倒地之下，清晰的聲音響徹社辦內。

是代替橋場學長等人來開會的河瀨川學姊說的。

於是我點點頭，開始說明。

「去年的女僕咖啡廳，在企劃上的確很有意思。也多虧學姊們充滿魅力的女僕打扮，生意相當火紅。」

「沒錯沒錯沒錯！所以今年還要再辦啊。」

應該已經倒地的桐生學長再度起身，準備得意地誇耀。

「不過問題也很多，我認為最好不要舉辦第二次。」

「噗哇！」

社長再度發出與剛才相同的聲音，被打趴在地上。

「而且企劃要成功的話，與去年的活動換湯不換藥實在太沒意思了。沒有計較第一次活動缺點的愛好者，在第二次活動胃口會變大，眼光更嚴苛。所以我覺得乾脆舉辦新活動比較簡單……各位覺得如何呢？」

說完，我看向社長與副社長。結果一人倒臥在地上，另一人對出乎意料的發展大受衝擊而抱著頭。看來沒辦法詢問兩人的判斷。

（只有這一位可靠呢。）

於是我再度望向河瀨川學姊，

「……根據以上的原因，我認為舉辦 Cosplay 咖啡廳比較好。學姊認為如何？」

河瀨川學姊默默起身後，

「有理有據。企劃的意圖也很完整，各位的意見如何？」

環顧四周後，只見副社長趴在桌上，社長偷偷舉手，男性學長們也悄悄舉起手來。

「多數人贊成呢。那麼今年學園祭的企劃就採用 Cosplay 咖啡廳，開始籌備吧。」

在社長與副社長崩塌之中，河瀨川學姊宛如站立在廢墟中的新領袖，直接開始擬訂具體的企劃內容。

「首先是服裝，問問看漫研或科幻研吧。如果無法租借就只能訂做了，齋川，這方面沒問題嗎？」

「欸，是、是的！我倒是可以準備幾套……」

「那如果決定要扮什麼角色，再找我商量。接下來是材料費——」

河瀨川學姊動作迅速地擬定相關計畫。竟然有這麼可靠的對象，難怪連橋場學長都依靠她。這才是學姊真正的模樣，平時躲在橋場學長後方的模樣似乎是假象，只不過是最終頭目的第一型態。

「學姊不好意思。我提出了離譜的要求。」

我戰戰兢兢開口，

「為何要道歉呢？我覺得你的點子很好，才當成企劃推動。可不是因為關心妳。」

這番回答真的很有學姊的風格。

「況且……」

「況且？」

學姊迅速轉過頭去，

「反正那傢伙如果在場，肯定也會有相同的行動，我只是他的代理人。」

「哦……」

很容易得知『那傢伙』是指橋場學長。學姊真的信賴學長呢。兩人的關係是如此堅強，學姊會隨口提到學長。

（話說回來……）

為何河瀨川學姊會讓橋場學長當領導，自己充當輔助者呢。在我看來，橋場學長的製作能力也很強。不過與河瀨川學姊的實力相比，卻看不出明顯的差距……

「橋場真會給人找麻煩呢。」

學姊說完，嘆了一口氣。

「啊……」

見到學姊即使錯愕，依然帶有溫情的表情，我猜到一種可能性。

（……難、難道……！）

不，這樣想的確就合理了。每當要決定或是討論時，河瀨川幾乎每一次都會力挺橋場學長。

橋場學長提出的意見或企劃，的確有不少部分嶄新又驚奇，卻也容易引發副作用。不過有河瀨川學姊的力挺，能讓大家更加放心，當成更好的判斷依據。

河瀨川學姊對自己和他人都很嚴格，所以肯定是認同橋場學長的能力後，才會這麼做。雖然沒錯……

（難道學姊……喜歡橋場學長嗎？）

這麼想的話，就覺得面前犀利的學姊非常可愛，讓我好想抱緊處理。雖然需要很大的勇氣才能付諸實行。

◇

走出大正浪漫夢通，我們終於進入堪稱小江戶中心地帶的中央通。

從本川越車站沿著面前的馬路筆直往北走。隨後出現的光景，會讓來自其他地區的遊客感到異樣。

首先是，所有建築物都矮了一大截，完全看不到塔樓公寓。像川越這種規模的都市，公寓肯定隨處可見，不過這片區域卻像挖了一個大洞一樣，全都是低矮建築。

這片區域甚至沒有電線桿。可能所有電線都地下化，不過相較於人潮的多寡，彷彿走進了電影的室外布景，或是主題樂園一樣。

而且這片區域最重要的特徵，

「各位請看。所有視線可及的建築，全都像江戶時代的吧。」

就是整齊劃一的磚瓦屋頂建築群。

「真厲害……彷彿電影的布景呢。」

面對壯觀的景色，連奈奈子都忍不住看得入神。

「這些全都是江戶時代的建築嗎？」

大叔搖頭否定了我的問題。

「明治時期發生過川越大火災。很可惜，當時燒毀了許多珍貴的建築。所以現在的建築幾乎都是複製品。但所有建築改建後都過了長達百年。」

原來如此，有道理。不過之後要仔細保存，肯定相當辛苦吧。

「後來吸收川越大火的教訓，採用了特殊的耐火建築，叫做藏造。」

建築物並排形成的街道，似乎叫做藏造式街景。

「這座鐘樓則稱為時之鐘，是附近區域的象徵。」

在低矮的建築物中，有一座特別高聳的建築映入眼簾。

「不論古今，到了固定時間就會響起鐘聲。現在剛好不是鐘響的時候，不過以優美的鐘聲聞名喔。」

我再度仰頭，望向號稱自古就一直凝視此地的鐘樓。

聽說這棟建築也是明治時期重建，但也有長達一百年的份量。相較於我的短暫時間旅行，等於是十倍的長度。

不過我受到這十年光陰玩弄，好不容易往前進，卻依然三番兩次遭到命運捉弄。我屢次深刻體會到，時間竟然這麼喜歡與自己做對。

（十年後，鐘樓應該還會矗立在這裡。）

如果往後還有機會回到為未來，到時候再故地重遊吧。肯定會覺得感慨良多。

在我們行經時之鐘附近的豆腐店前方，突然有人向步行的我們打招呼。

「啊，先生！辛苦您了，今天負責嚮導呢～」

結果與其說是我們，其實是問候大叔。

「是啊，因緣巧合之下。對了，可以來三份豆渣甜甜圈嗎？」

成為理事長後似乎在當地會出名，不少人見到大叔會打招呼。每一次大叔都禮貌地問候，並且回應對方。

不過居然不是稱呼理事長，而是先生啊。說不定大叔以前當過老師。看到大叔的一舉一動，的確很合理。

「對方稱呼您為先生呢。」

大叔的表情絲毫未變，

「工作的緣故，也難怪別人會這麼稱呼。」

原來如此，看來可以肯定。

「甜甜圈似乎炸好了，請趁熱享用吧。」

接過熱呼呼的甜甜圈後，三人一同咬了一口。

由於剛炸好，口感外酥內軟又甘甜，絕妙的平衡在嘴裡擴散。

「真的耶，好好吃！」

奈奈子開心地嘗第二口，燙得她不停喊著「嗯～！」

「小姐，喝喝看這個吧。應該很適合甜甜圈。」

大叔遞給我們的茶，喝起來味道偏濃，的確與甜食相當搭配。

「謝、謝謝您。不好意思，全部都由您請客。」

不論甜甜圈或茶飲，大叔都理所當然地付帳，沒讓我們掏錢。

我和奈奈子對大叔無微不至的嚮導道謝，

「沒關係，因為這是我的工作啊。」

大叔則依然表情不變，說完後再度邁開腳步。

「接下來往這邊，過馬路時請小心車輛。」

橫越馬路後，我們進入順著中央通延伸的小徑。

還以為巷子裡的人潮會少一點，

「咦，這條路的人潮是不是比較多啊？」

結果卻擠滿了人，連奈奈子都忍不住開口。

「從這裡往前走，就是整片川越最多旅客造訪的地點。知名度可能比小江戶更高呢。」

大叔如此解釋，但奈奈子還是一頭霧水。

「啊……我可能有一點印象。」

記得北海道在地的知名旅遊節目，應該有來這裡出過外景。記得好像叫做快吃甜食比賽。

「像是梅子果醬，還有大條的……麩菓子之類。」

「麩菓子？」

「嗯，賣的還不是普通的麩菓子，而是長度堪比捲起來的海報。」

對於我的說明，

「沒錯。這條路上有許多間點心店，是名產、點心店的小巷。」

大叔平靜地點頭，並且環顧林立的店家後，

「比起口頭說明，實際到處逛逛比較好吧。」

於是我們直接跟著大叔走。

大叔說得沒錯，親眼見到比較容易理解。散發些許古早氣氛的點心店全都集中在同一區，每間店都擠滿了顧客。

店面陳列著十圓口香糖、迷你甜甜圈，可樂軟糖等懷念的零嘴。光是觀賞似乎都得花一番時間。

「啊，這個麩菓子就是恭也你剛才說的嗎？」

聽到奈奈子的聲音後我轉頭一瞧，

「嗯，沒錯，就是這一款，特別大條的。」

發現店面擺放了許多巨大的麩菓子，尺寸堪比球棒。

「這要怎麼吃啊……？」

「不太清楚，不過應該是直接用咬的吧。」

由於可能會增加行李，我們並未購買。不過看起來校外教學的國高中生似乎都買了一條。甚至有男生十分單純，拿起剛買的麩菓子玩起鬥劍遊戲。

「可以體會，如果念國高中的話會想要這種禮物呢～」

奈奈子開心地看著男生們打鬧的模樣。

「恭也以前校外教學的時候，有買過奇怪的伴手禮嗎？」

「有啊有啊，像是寫著努力等字樣的神祕鑰匙圈。」

為什麼這種東西至今依然在各地販售，真是一個謎。

「我知道！另外還有木刀吧！」

奈奈子活力十足地表示。

「木……刀？」

「咦？不是都在法批的旁邊嗎，還附有完整的刀鞘，拿起來揮來揮去……」

說到這裡，奈奈子似乎才發現自己以前的經歷和我不一樣。

「……呃，當我沒說過木刀吧。」

「嗯，好吧。」

那時候的奈奈子，買木刀回去要做什麼呢。

我只能祈禱，她不是為了與別校學生打架……

走出點心店巷弄後，接下來大叔帶我們前往販售陶瓷器皿的店家。

一樓店面擺放著器皿、壺具與其他的小東西、鑰匙圈之類。雖然十分引人興趣，不過大叔帶我們來到的是店家的二樓，

「這裡在舉辦陶藝體驗教室。平常生活應該很少有機會體驗到吧，兩位應該會覺得很新鮮。」

說著，大叔還幫我們準備，

「去年才接觸過呢……」

「話說我們好像沒告訴過大叔，我們在念藝大。」

之前我們在藝大的選修課程中，就上過陶藝課。

「不過那時候因為同人遊戲的關係，大家都在打瞌睡。再次認真嘗試應該也不錯吧？」

「也對。說不定能迅速掌握訣竅呢～」

於是我們兩人再度轉動製陶轉盤，

「奇、奇怪……有這麼困難嗎……？」

奈奈子首先創作造型前衛的壺，

「奈奈子，是不是再固定一下手邊比較好……嗚哇！」

「恭也，你的形狀是不是也有點不妙啊？」

「拜託，妳沒資格說我吧……？」

我們兩人都完全無法發揮藝大生的優勢，

「嗯……對兩位而言似乎有點困難呢。」

最後成品的慘狀連大叔都安慰我們。

「總覺得非常不甘心……」

「……可以體會。」

即使不是專攻科目，做得這麼醜的成品並排在一起，看了更讓人難過。

聽店員仔細解說後，我們兩人才好不容易一致做出像盤子的成品。

聽說成品會交給師傅接手，幫我們燒製。

「成品會在一個月後，安排寄送到您的府上。」

有點期待在即將忘記的時候，在共享住宅收到兩件神秘的器皿呢。

◇

結束陶藝體驗後，我們再度回到中央通。

「藏造街道就到此為止。前方則是知名寺廟與地藏菩薩像，其中……」

說到這裡，從大叔的胸前響起不合時宜的吉他聲。

「不好意思，有來電。」

似乎是來電鈴聲，大叔迅速掏出手機後，

「您好，請問有什麼事嗎……嗯，我知道了。」

似乎與工作有關的通話持續了一分鐘左右之後，

「不好意思，因為有些事情，今天的嚮導就到此為止。真抱歉必須中途停止。」

大叔非常有禮貌地致歉，反倒讓我們感到不好意思。

「不會不會，這次的嚮導非常有趣。」

「嗯，如果只有我們的話，絕對沒辦法逛得這麼仔細呢。」

我們兩人都對大叔表達真誠的想法。

即使這趟觀光之旅的契機是咖啡廳老闆強行要求。不過絕妙的嚮導掌握了要點，即使到此為止都已經極為充分又滿足。

所以我們絲毫沒有不滿，

「不，希望至少能再為兩位嚮導一次……對了。」

不過大叔再度掏出電話，

「方便的話，中午可以再度同行嗎？」

「這……好的，麻煩您。」

面對突如其來的邀約，我們不由得點頭同意。

「感謝兩位。之後我會告知店家的地點，方便告訴我兩位的電話號碼嗎？」

「噢，在這裡……」

於是我們依照指示，在手機上顯示號碼，秀給大叔看。

「非常感謝兩位，大約一小時過後會再度聯絡。那我就先走一步。」

再度姿勢標準地敬禮後，大叔隨即消失在人群之中。

「大叔走掉了呢……」

「嗯，畢竟好像有工作。」

難道臨時來了什麼大人物，必須擔任嚮導嗎。

直到剛才還帶領我們的嚮導臨時離去，導致我們突然漫無目的。

「話說接下來該怎麼辦呢？」

要去參觀大叔剛才說的寺廟與地藏菩薩像嗎，還是順道在路邊的咖啡廳休息一下……

無論如何，一小時後要再度與大叔會合。雖然還想考慮貫之的問題，但應該會等到吃完午餐後。剛才觀光的期間也一直在想這件事，我正想找個地方整理思緒。

在我考慮這些選項時，奈奈子出乎意料，

「對了，恭也……有個地方我想去看看……」

告訴我明確想去的地方。

不過她的動作扭扭捏捏，還刻意不與我四目相接。舉止有一點……不，是相當怪異。

「好啊，要去哪裡？」

「就、就是想去的地方啦！」

有必要這麼隱瞞嗎？

反正我也沒什麼想去的地方，找不到拒絕的理由，

「嗯，那就走吧。妳知道路嗎？」

一問之下，奈奈子便點頭示意，

「剛才我看小冊子確認過了，放心吧！」

這次面紅耳赤地拉扯我的袖子。

「走吧！」

「嗯，好。」

不知道她為何這麼興奮，但我依然跟著奈奈子，走向目的地。

從中央通再往北前進，行經一段路後右轉朝東走。

過了藏造街道區域後減少的觀光客，走進這條路的瞬間明顯感覺到突然增加。

「哦，這些人也要前往那個地方嗎？」

「嗯、嗯……應該是吧！」

奈奈子還是不肯告訴我目的地。

仔細看可以看出，走在同一條路上的觀光客以情侶居多。剛才明明還有不少攜家帶眷或校外教學的遊客，這裡的傾向顯得相當極端。

（該不會是……）

針對情侶的場所吧，我心想。就在此時，

「啊，就是這裡……」

聽到奈奈子的聲音，我朝該處一瞧，見到一大片森林，以及矗立在其前方的鳥居。然後在森林中還見到像是正殿的建築屋頂。

「神社……？」

奈奈子點點頭。

「這裡是冰川神社。旅遊手冊上也刊的特別大，所以說，既然是名勝嘛，我才會想來看看！」

她特別有精神地介紹。

情侶特別多，還是神社，又是名勝。

我這時候才發現，為何這間神社是很受歡迎的景點。

（還是別說出我剛才推理的結果吧……）

依照奈奈子的個性肯定會面紅耳赤，沉默不語。

走近一瞧，發現神社的規模算中等。警衛在入口前方指揮交通，提醒行經的車輛小心。

應該是我預測的「效果」吸引了這麼多人朝吧。

首先我們進入神社。

冰川神社的規模不是特別大。不過相較之下，參拜遊客的人數明顯比其他神社更多。

幾乎可以說來參拜的都是兩人一組。其中也有獨自前來的遊客，不過一定是女性。

其中販售神籤與護身符的地方，甚至人多到排起隊伍。

「人真多呢。」

「那麼恭也，我們走吧！」

「噢，好……」

「反正有許多事情想許願呢。」

的確，有好多願望希望神明幫忙實現。當然包括貫之的事情，還有作品。進一步說的話，包括所有團隊成員的將來，希望實現的願望好多。

舀取手水洗手後，我們排在人數較少的行禮隊伍後方。雄偉的神殿前方排成四人一列的隊伍。理所當然，排隊的人都是情侶。

我們兩人排隊，隨隊伍逐漸前進。豎立在一旁的招牌上記載了功效等各種資訊。其中有一項功效寫得特別大，最引人注目，

（『實現戀愛，結緣』是嗎……）

一如預料，這似乎才是關鍵。如果吐槽這一點，毫無疑問會有嚴重後果，所以我假裝沒發現。

「欸，恭也你許了什麼願望？」

「咦，我嗎？這個……」

關於我剛才想到的事情，要限縮成一項相當困難。雖然現在最重要的是貫之的問題。

「機會難得，就許多一點願望吧。」

「對啊，多說幾個願望的話，神明總會幫忙實現一個吧。」

雖然會造成神明很大的困擾，不過奈奈子說得對。

「嗯，那我就許一個稍微大一點的願望，像是可以得到五千億圓！」

說完，奈奈子對我咧嘴一笑。如果真的得到這麼多錢，可能會面臨生命危險吧。

我一臉苦笑，然後望向正殿。

拍手的響聲在熱鬧的神社內清脆地響起。

（總覺得心情放鬆了一些呢。）

多虧奈奈子和我聊了許多，我才能短暫放下一直縈繞在腦海的貫之問題。

（啊……）

說不定奈奈子……

她想來到這裡也是原因之一，但更重要的是，

（或許她想幫我打氣……）

這麼一來，比起開心，感謝的心情，我反而先覺得對她過意不去。

雖然一切都是我的錯，但是每次見到奈奈子可愛的一面，我就產生強烈罪惡感。

其實我和志野亞貴不算在交往，也沒有特定的對象。可是自己無法決定「喜歡誰」的情況，也讓我感到很丟臉。

（奈奈子已經不隱瞞對我的好感了呢……）

我想起前幾天，歡迎齋川的迎新會小插曲。

她並非單純酒量不好還喝醉。那時候的奈奈子，已經明確向我表達情感。雖然還有不少害羞之處，不過積極主動的次數穩健地增加中。

隊伍輪到我們了。我們投香油錢，敬禮兩次後拍了兩次手。

（不知道奈奈子許了什麼願望……）

低頭的同時，我偷看奈奈子的表情。

只見她平靜地閉起眼睛，嘴裡唸唸有詞。即使聽不到她唸的內容，不過事到如今也該知道，她許願的對象是誰。

（真丟臉，現在我完全無法回應她。）

和奈奈子交往，而非志野亞貴的話，將來要共組家庭也不是不可能。不，說不定接下來就會這樣發展，可是我目前沒有餘力思考這種未來的可能性。

我放下雙手，再度深深一鞠躬，行禮就此結束。

彷彿心意已決，奈奈子的表情看起來多了幾分堅定。

◇

參拜結束後，我們決定在神社內稍微逛逛。

「現在似乎正在舉辦儀式呢。」

說著，奈奈子指了指手冊。

是結緣風鈴。五顏六色的風鈴掛在神社內的小徑，隨風吹拂一同響起，應該是讓遊客欣賞風鈴飛舞的模樣。話說回來，剛才走過入口的大鳥居下方不遠，也見到掛有幾個風鈴。

「好厲害，多達兩千個嗎。」

「在店裡也看不到這麼多呢。」

即使感到好奇，

「……我想放慢腳步參觀，所以先上個廁所。」

「好，那我在這裡等你吧。」

後方不遠處有一座石碑，我們決定在該處會合。

進入廁所後，我迅速解決，然後回到神社內。結果我發現有三名男性盯著奈奈子聊天。

「咦？」

還不時伸手指向奈奈子，似乎來意不善。

「……這些人是怎麼回事。」

我想起學園祭上找麻煩的那票人，忍不住提高警戒時，

「那女孩超可愛的耶？」

「她一個人來的嗎。」

「不，剛才身邊還有個男的。那麼可愛怎麼可能沒有男朋友嘛。」

然後三人異口同聲嘆氣。

最後無事發生，本來想搭訕，似乎以未遂告終。

（太好了，沒發生什麼事。）

在我鬆口氣後，

「拜託，連他們也是啊……!?」

又發現剛才待在石碑不遠處的兩名男子，從剛才就在偷瞄奈奈子。兩人的舉動……好像在商量要開口搭訕。

我急忙感到奈奈子的身邊，

「抱、抱歉我回來晚了！」

奈奈子看到我，咧嘴一笑，

「完全不會！那麼就去逛逛吧！」

說完便前往懸掛風鈴的小徑。

我也追在她的後頭，同時不經意望向四周。

（剛才那兩人……還在看呢。）

理所當然，他們肯定認為我是奈奈子的男朋友。對我露出明顯「好羨慕～」的眼神，讓我有些不自在。

平時我們的社交圈子非常狹窄，但是不時要與外界交流，所以我非常清楚。

奈奈子很可愛。還不是普通可愛，而是特別可愛。

畢竟再過幾年後，她會成為在全國大受歡迎的歌姬。即使她的魅力來自她的高度唱歌技巧，但能在出道後迅速決定發售寫真集，代表她的容貌也廣受歡迎。

在一起生活，經常會忘記這件事。

能在她身邊其實是非常難得的。

「啊，恭也，你看！」

望向走在前頭的奈奈子伸手指的方向，

「哇……」

我也忍不住驚呼，視線離不開該處。

許多繪馬並排處的上頭，掛著無數五彩繽紛的風鈴，多到根本數不清。

以玻璃或陶瓷點綴的各種色彩，以及垂在下方的無數短籤迎風搖晃，彼此重疊。

與陽光交織在一起，色彩與光線占據了整片視野。

清澈的聲音此起彼落，彷彿只有這片區域來到了不同的世界。

與神社相輔相成，一股世外仙境的感覺迎面而來。

這股氣氛讓人捨不得以「好漂亮」一句話形容。

我們都保持沉默，呆站在入口處。

面對眼前的光景，心中帶有某種敬畏之心。

「進去看看吧……？」

奈奈子開口說，

「嗯。」

我也迅速點頭同意，然後踏進風鈴飛舞的走廊內。

剛進入就對誇張的強烈光線感到驚訝。陽光與風鈴交織而成的閃閃光輝，比從遠處看起來更加犀利。

不只有視覺，還有聽覺。進入身體的海量情報，讓人產生思考跟不上的奇妙感覺。

光線方向與顏色平衡接連改變的感覺，有點接近鑽入萬花筒內。

不過更重要的是，

（這是……）

近距離觀察後我才發現，另一項營造出這片場所的要素。

綁在風鈴上的短籤寫著每個人心中的想法。由於這個場所的性質，內容當然全都與戀愛有關。

喜歡某個人，可是卻無法傳達給對方。希望心意能傳達，希望感情能開花結果。殷切又坦白的想法，以直率的文字寫在短籤上。正因為毫無矯飾，這些內容才能直接打動看到的人。

掛在牆上的繪馬則更加直接。層層交疊的繪馬上密密麻麻寫滿了想法。即使遠遠看起來只是普通的風景，但只要走近一看，他人的心情就會像洪水般猛撲而來。

最喜歡某人，希望某人了解，為什麼無法傳達給對方，要對方多關注自己。

「唔……」我忍不住呻吟。思想具備力量，匯聚在一起就帶有暴力性質。不只震撼視覺與聽覺，老實說，這些語言的壓力實在很可怕。

因為目前在我身邊的人，就具備強烈的想法。

而且我還知道，她這些想法的對象究竟是誰。

眼前的景色略為搖晃。即使知道自己的感覺出現異狀，可是我卻無能為力。彷彿喝了酒，即將喝醉前一刻。不，更重要的是心情舒暢，宛如被帶到遠方。

「好漂亮，但是有種不可思議的感覺呢。」

奈奈子呼了一口氣，望向我。

「你不這麼認為嗎……恭也？」

在閃爍的光輝中，奈奈子看起來有點神祕。端正的容貌與碩大的眼眸，筆直聚焦在我的身上。

剛才我說她很特別，而且可愛得不得了。這件事實讓我的意識愈來愈模糊。

我感到自己頭昏眼花。雖然肯定是對風鈴的搖曳感到頭暈，不過更關鍵是的，奈奈子的眼神讓我暈頭轉向。

「恭也……」

奈奈子呼喊我的名字。她的聲音彷彿帶有回音，在腦海中響起。

「奈奈子……」

我也喊她的名字。

奇怪，我怎麼會逐漸接近她呢。我還伸手搭在她的肩膀上，這不就等於即將要做那件事嗎。怎麼回事啊，現在明明不是這麼輕浮的時候吧。難道這就是實現戀愛的神明之力……

在我眼前即將染成一片輕柔白色的瞬間。

「恭也……」

奈奈子的表情突然恢復冷靜。

只見她的視線逐漸滑向一旁。

「……奈奈子？」

我也發現她的舉動，跟著別過視線。

幾名男女國中生不知何時出現在視線彼端，緊緊盯著我們。他們的視線顯然在期待接下來要發生的行為。

「不親下去嗎？」

一名男生說出後，被其他人輕輕戳了幾下。

這句話終於讓我們回過神來，離開彼此。

「風、風鈴真漂亮呢！」

「對啊！非常漂亮！」

我滿臉通紅地笑著轉移話題。最後也沒仔細觀賞風鈴，直接小跑步走出小徑。

（剛才真是好險……）

我在內心裡滿頭大汗。

剛才完全受到氣氛影響。地點、情況，加上奈奈子可愛、惹人憐愛的感覺層層疊加，讓我完全失去平時的克制力。剛才如果繼續受到氣氛影響，肯定會變得相當尷尬。

到底是怎麼回事呢。之前我和奈奈子明明沒有這種曖昧的感覺。但自從迎新會的插曲之後，她似乎變得特別主動。包括在白濱發生的那件事，她的行動愈來愈積極。

但這終究是她單方面的主動，我一直保持克制力。可是剛才在此地發生的事情，就算有現場氣氛催化的因素，我們卻基於彼此的意志「差一點」付諸行動。

（現在明明無暇考慮這種事情……我在搞什麼鬼啊。）

或許是我們之間逐漸產生變化。事到如今，以前我從未留意到的想法改變，現在也反過來玩弄我。

◇

河瀨川學姊像指揮官一樣手扠胸前，坐在北山共享住宅的總部，也就是客廳的被爐內。

我在學姊的前方，雖然沒有敬禮，心中卻接近類似的感覺等待學姊發號施令。

「既然決定了，不準備一下可不行。齋川，能幫我的忙嗎？」

「好的，話說學姊，這樣可以嗎？學姊又不是社員。」

我一問之下，河瀨川學姊哼了一聲，

「去向社長與副社長說啊，我明明不是社員，他們卻要我主辦活動。」

「……學姊說得是。」

該說美術研究會還是一樣自由嗎。總覺得正副社長非常想順勢拉河瀨川學姊加入……

之前順利（？）決定了學園祭上要推出的活動。

本社團的優點就是一旦決定任何事項，之後就能確實推動。原本就贊成的桐生學長不用說，包括之前強烈反對的樋山學姊，所有社員都為了Cosplay咖啡廳動起來。

不過實際上，真正麻煩的是接下來的籌備。於是我和河瀨川學姊先回共享住宅，召開對策會議。

「這個……理所當然，我也要Cosplay吧？」

我偷瞄了幾眼學姊的表情幾眼並且詢問，

「不想的話也可以拒絕。雖然身為主辦方很希望妳參加。」

「我要，絕對要！」

我打斷學姊的話回答。

提議的人就該參加，而且主因是我想參加才開口，當然不可能推辭。

「話雖如此，還是希望避免太裸露的服裝……」

我提出要求後，

「放心吧，這次會排除過度刺激性興奮的服裝。」

那太好了。話說學姊直接說『性興奮』這三個字，真是直接呢。

「要看桐生學長給的清單嗎？」

話說剛才學長好像有給呢。我接過清單，注視寫在上頭的作品與角色。

「……桐生學長是不是有點變態啊？」

「我有同感。」

河瀨川學姊深深嘆了一口很長的氣。

很明顯，清單上的角色都不適合在公共場合Cosplay。

身為同好，我當然不會歧視作品與角色。可是過度裸露的角色必須租借攝影棚，或是限制入場。否則會對整個業界造成麻煩。

咖啡廳是在在大學內，而且是借用教室舉辦。在此前提之下，清單上全都是「會被禁」的作品。畢竟第一行就是退魔忍。

「所以由我重新製作清單。以此為基礎，妳和志野亞貴、奈奈子幫忙挑選喜歡的款式，這樣可以嗎？」

「好的，麻煩學姊。」

回答後，我開始研究剛才學姊的委託，要在咖啡廳推出的菜單。大阪不愧是商業城鎮，舉辦餐飲攤位非常方便。

我現在在看的是行業雜誌，刊登了業內的相關業者，以及大致預算規模。河瀨川學姊究竟從哪裡弄到這種資料的呢？

（學姊真是完美呢。）

我從雜誌的縫隙偷瞄學姊的表情與身體。

容貌端正，體型纖瘦。雖然胸部不大，卻也不算小。頭髮紮在後腦勺，所以隨時都看得見漂亮的後頸。其實我經常抱著被罵變態的風險，窺看河瀨川學姊的後頸。

學姊好像洋娃娃，小時候一定有人這樣稱讚過學姊。我將學長的身材與自己略顯肉多的身體相比，『哎～』一聲嘆了口氣。

我原本想打扮的帥氣系 Cosplay，穿在學姊身上肯定很合身吧……

「欸，啊——————!!!」

我忍不住驚呼，站了起來。

「怎、怎麼了嗎!?為何突然大喊……！」

河瀨川學姊睜大眼睛，大驚失色。這也難怪，剛才一直小聲嘀咕的學妹突然大喊，肯定會嚇一大跳。

「有件事情想請教學姊。」

「什、什麼事啊……」

我對學姊露出充滿期待的眼神，

「難道學姊不一起 Cosplay 嗎！」

開口的瞬間，學姊頓時身體一震，立刻否認。

「啊，什麼!?我怎麼可能跟著Cosplay－！」

……果然是這樣。其實我早就猜到了。

「為什麼呢？」

「還問為什麼……那還用說嗎，和妳、志野亞貴與奈奈子相比……我一點都不漂亮，哪有什麼需求可言呢。」

啊～～～啊～～～這種反應！這種反應實在太棒了！有點面紅耳赤，畏縮不前的表情與姿勢，實在太可愛了，好想欺負一下學姊喔！素材這麼優質，怎麼會沒有需求呢！學姊瞧不起人嗎！

……這些話我實在不敢說，

「老實說，我認為學姊務必要Cosplay。有十年Cosplay經歷的我可以保證，學姊的魅力與契合度非常優秀！」

「怎、怎麼可能！而且有我適合扮的角色嗎？我胸部這麼小，身材像火柴棒一樣……等等，妳要去哪裡!?」

我趁學姊話還沒說完，迅速回到房間，翻找自己的服裝箱。

「找到了……」

然後我回到客廳，將服裝秀在學姊面前。

「這是什麼啊……」

「別問了！請學姊馬上換這套服裝，然後回到客廳來！」

被我的氣勢震攝，學姊拿著服裝進入房間，開始窸窸窣窣地換衣服。房間還傳來「這是什麼啊，好帥喔……」「應該說這絕對不適合我吧，她在想什麼啊！」等許多話，聽起來就像最棒的讚美。

然後，

「穿是……穿上了，但還是不行，一點都不合身。」

「河瀨川學姊!! 真是太棒了！好棒，堪稱藝術品呢！我第一次見到如此適合這套服裝的人！」

剛才我交給學姊的，是去年扮過的英雄戰隊動畫中，女性指揮官的 Cosplay 服。貼合身材的西裝類軍裝，搭配格外帥氣的細框眼鏡，還有細鞭子。角色的髮型湊巧與現在的學姊幾乎一樣。

該角色原本就十分苗條，身材一點都不像日本人。所以據說在業界內讓許多 Cosplayer 落淚，實際上我也哭過。因為扮起來太不像了。

但是現在，理想就在我面前。是我想成為的理想型態……

「真的嗎？妳不會在騙我吧？如果真的騙我，我可不會善罷干休喔！」

「啊!! 難道學姊看過動畫嗎!?剛才好像原角色的決定性臺詞，實在太棒了!!」

「咦，我沒看過，但真的像嗎……？」

沒錯，就是這樣。

該角色是公務員組的菁英，而且十分帥氣。但卻經常受到英雄主角欺騙，還被迫打扮得有點色色的。兩者的反差超級棒，薄本子已經多得像山一樣……

「呼、呼……學姊太棒了，實在太帥氣了……」

我再也忍不住，一點一點挨近學姊。

好想以自己的身體，感受如此美麗，完美的角色……

「等、等一下，齋川！妳的表情怎麼怪怪的！拜託清醒一點，別這樣，快住手！」

「怎麼這樣，學姊不是說過，隨時都可以向您撒嬌嗎。」

「我怎麼會預料到這種情況啊！討厭，喂，不要抱緊我!!」

亞貴學姊，對不起……我可能發現了全新的天堂……

◇

離開冰川神社後，我們再度回到中央通。

整整一小時後大叔聯絡我們，約我們在之前說過的推薦店家享用午餐。

「啊……是這裡。」

中央通一旁的道路邊，有間看起來很像古老民宅的店。雖然我對鰻魚飯的店有點緊張，不過這間店……不是需要穿正裝的高級店面。反而非常親民，氣氛就像老家一樣。

進入店內後，發現大叔已經坐在後方的包廂。當我坐在感覺像常坐的座墊上，燒烤的醬汁香氣隨即撲鼻而來。

在等待上菜的期間，大叔向我們介紹「川越與鰻魚」的淵源。

「鰻魚是川越的名產之。以前經常可以在入間川與荒川捕捉到，對於沒有臨海的這片地區，可是重要的蛋白質來源。」

所以看起來十分美味的鰻魚盒飯，陳列在我們面前。

「恭也……這會不會有點貴啊？」

「嗯，我也這麼覺得。」

肉多得讓人食指大動的鰻魚塞得緊緊的，看不見盒子底下的白飯。大叔似乎已經幫我們點好餐，不知道是松竹梅之中哪個等級，但應該是最高級的。

「請兩位放心。這的確是優質鰻魚，不過價格非常合理。」

「是、是嗎……」

即使合理，但肯定不是在連鎖店吃的牛丼可比吧。

而且大叔在這間店可能也幫我們付了帳。從一開始的嚮導就一直照顧我們，甚至請我們吃午飯，總覺得已經超過了嚮導的等級……

「這也屬於觀光嚮導的一環。」

雖然我覺得應該不是。

總之，我們感到有些過意不去，同時享用鰻魚盒飯。

「哇塞，超級好吃的……！」

迅速先品嘗一口的奈奈子，睜大眼睛驚呼。

「沒錯耶，這真是上好的鰻魚。」

一送進口中的瞬間，肉身就彷彿融化般，搭配絕妙的醬汁風味。嘴裡立刻充滿幸福的感覺。

「似乎很合兩位的胃口呢，真是太好了。這間店從明治時期就一直賣鰻魚，所以積累的歷史非比尋常。」

即使是名店，氣氛卻很柔和，完全沒有裝模作樣的感覺。如果像割烹料理店一樣嚴肅，我肯定沒心情品嘗滋味。

我們兩人異口同聲稱讚好吃，一口氣吃得精光。不知不覺中，飯後的茶飲已經端上了桌。

「年輕人就是胃口好，真是羨慕呢。」

雖然大叔這麼說，不過他也和我們幾乎相同時間吃完同等份量。再度觀察後發現，大叔的體格也十分壯碩，沒有啤酒肚，身材也很好。體格讓人以為他是現役運動員。

「話說還不知道兩位是做什麼的呢。方便的話，願意透露嗎？」

「噢，好的，沒有問題。」

於是我們告訴大叔自己的名字與就讀的大學，以及目前的職業。

「哦……藝大啊。主修是什麼呢？」

「我們念的是影傳系。舉凡拍攝影片，或是表演——」

告訴大叔後，本來我還擔心大叔是否能理解，

「不錯呢，以前我也摸過音樂。能在學校學習這些知識，真是羨慕啊。」

出乎意料，大叔似乎可以體會。

「能不能多告訴我一些關於學校的事情？」

於是我們也開心聊起許多事。舉凡拍電影十分辛苦，在其他藝術領域的課堂上出過包，或是大家一同攝影旅行……每件事情大叔都聽得津津有味地點頭。

「那麼兩位將來會以藝術家為目標嗎？」

對於大叔的問題，我們露出既不否定也不肯定的表情。

「是有這種想法……不過目前還在學習。」

「並不是大家都能走上這條路。而且我是製作助理，所以希望從事協助大家的工

作。」

大叔點點頭，

「兩位都很認真呢，而且十分實際。似乎不像我兒子，只會一味地追尋夢想。」

說到這裡，大叔首次低下頭去。

「大叔的兒子也踏進了藝術的世界嗎……？」

大叔搖搖頭否定了我的問題。

「不，他已經放棄了。不過我認為這是好事。沉迷在不穩定，明顯會失敗的事情上，實在是太蠢了。」

從大叔平靜的語氣中，聽得出幾分冷淡。

「有這麼愚蠢嗎？」

「是啊。不知道自己是誰、有多少能耐，更缺乏掃平一切障礙的強烈意志。只會嘴上說說自己有夢想，就是純粹的愚蠢。」

我明白大叔的意思。要從事既不穩定，又看不見未來的創作行業，最起碼要盡量累積自己的基礎。如果做不到卻依然逐夢，勢必會被罵不切實際。

可是聽到別人如此明確地指責愚蠢，聽起來就像一切都沒有意義。明明還有許多有意義的地方。可是我現在信心不足，無法以言語表達。

「這……」

剛要開口，我卻語塞。

因為我發現，大叔剛才講的內容實在太吻合「某件事情」了，簡直巧合得不自然。

（咦，等一下……）

大叔的兒子，只會一直追尋夢想，現在已經放棄。

不論哪一項都剛好吻合，巧得太不自然了。

他會對我們說這些話，代表——

「那、那麼，可以反過來請教大叔的事情嗎？」

奈奈子以愉快的語氣詢問，試圖改變氣氛。

「……不，沒有必要。」

但我卻制止了她。

「咦？為什麼？難道恭也你不想了解大叔嗎？」

「當然想，但我至少已經知道大叔是誰了。」

我面對大叔開口。

大叔的表情始終沒變，吁了一口氣。

「果然和兒子說的一樣，你似乎直覺十分敏銳，而且相當犀利呢。」

在熟悉的咖啡廳相遇。

大叔突然出現，還親切帶領我們觀光。

在大叔盛情邀約下，品嘗了許多美食。以單純的嚮導而言，款待甚至好過了頭。

如果我之前心中的預感猜中，就能解釋這一切了。

所以，

「您是……貫之的父親吧？」

我認為這是唯一的答案。

「咦!?大、大叔是貫之的……？」

沒理會驚訝地反覆望向我與大叔表情的奈奈子，

「——您好。我是貫之的父親，鹿苑寺望行。」

大叔始終維持與一開始見面時絲毫沒變的冷靜氛圍，問候我們。

第三章　二十歲的灼熱

自從進入夏季後，這一帶連日都是大晴天。這裡也是創下日本最高溫紀錄的地區。雖然晴天居多讓人神清氣爽，可是一直晴天多少也有點煩人。

所以我騎機車出遠門的日子也變多了。

雖然直射陽光特別難受，不過全身迎風十分舒爽，更重要的是能轉換心情。要掩飾平凡無奇的日常，最好的方式就是置身於高速行駛中。

今天我同樣從一大早就沿著關越道（註5）朝北騎，來到高崎市。下高速公路進入一般道路，找地方打發時間後，再騎上高速公路沿著去程返回。

我在平時順道經過的高坂服務區買罐裝咖啡飲用。仔細想想，這也完全變成了習慣動作。

「真熱啊。」

剛才的群馬，以及現在的埼玉，夏天都熱得要死。如果不是騎機車，我真想穿襯衫與短褲度過夏天。

5　關越自動車道，從東京都練馬區行經埼玉縣、群馬縣到新潟縣長岡市的高速公路。

但我今天根本顧不得惱人的汗水。因為大部分注意力都集中在一直縈繞腦海，揮之不去的事情。

「想不到他會真的跑來……」

緊握罐裝咖啡，我深深嘆了一口氣。

恭也他們來了。

雖然有稍微預料到，但沒料到他真的會出現。

恭也應該想找我回去。我搶在他開口之前拒絕了，因為我不可能跟他回去。結果恭也……他保持沉默。

我覺得真丟臉。他明明是最重要的朋友，我卻主動與他割袍斷義。即使他不計前嫌跑來，我依然冷漠以對，沒等他講完話就趕走他。

可是我只能這麼做。

「已經結束了。」

我緊握手中的咖啡罐，直到發出嘰嘰的聲音。

「我不是已經決定放棄了嗎。那樣……就對了。」

這不是靠嘴皮子就能解決的事情。不管我和他怎麼努力，都無法回到大學。老爸絕對聽不進去，我也沒有力氣再和老爸商量。

我的內心在蠢蠢欲動。一直質問自己，什麼都不做真的好嗎？原本潑了水澆熄的火炎，餘灰接二連三燃起，眼看即將死灰復燃。

「我……」

一口氣喝光剩下的咖啡後，我仰望天空。晴朗的一場糊塗。

「……不，這樣就好了。」

因為恭也跑來，一瞬間讓我差點誤會。其實死灰復燃的只是幻影，哪是什麼熊熊燃燒的心頭之火。

這種毫無氣力的餘灰，怎麼可能滿足他們的期待。就算接下來再發生什麼，還是當成過去式吧。

如果不這樣的話……我心中不肯放棄的部分又會跑出來作怪。

這樣對任何人而言，都只是麻煩罷了。

◇

剛才充滿柔和氣氛的包廂座位，現在卻籠罩在緊張之中。我們完全開不了口，注視著面前的貫之父親——望行先生。而望行先生也默默地盯著我們。

雖然沉著，視線卻堅強而筆直，足以看穿一切。具備力量，能讓事物依照自己意思進行，擁有成人的從容，外表才能如此堂堂正正。

（他的確是『先生』呢。）

從冷靜沉著的氣氛，居民稱呼他的方式，起先我以為望行先生擔任過教職。不過仔細一想，除了老師以外，還有不少工作也會獲得先生這個名稱。

（像是律師、政治人物……以及醫生。）

以此為假設，套用各式各樣的情況——那麼一切就說得通了。

望行先生依然筆直注視我們。讓我好想轉過頭去。但是他肯定不會放過我的示弱。

他散發出難以形容的魄力。

「您是來帶貫之回去的嗎？」

完全不拐彎抹角，望行先生一開口就直搗核心。

「是的，沒錯。」

「恭也，說出來真的好嗎……」

奈奈子不安地小聲問我。

「沒關係，反正瞞不了。」

我們來到這裡，到處打聽貫之的事情，望行先生應該早就發現不對勁了。若只是單純的旅行，理論上會事先聯絡。既然冷不防跑來，代表肯定問心有愧。

望行先生肯定早就看穿。所以才會以觀光協會大叔的名義接近我們。目的是看清楚，兒子的朋友究竟是什麼樣的人。

可是，不論結果是好是壞，他的回答都一樣。

「貫之不會再回到藝大了。他自己如此決定，並且向我報告過。我也確認過他不會反悔。抱歉讓兩位白跑一趟，請兩位直接回大阪去吧。」

某種意義上，他的回答一如我預料。

「我還不能回去。」

我也一開始就準備好了這句話。

「為什麼呢？貫之已經放棄了創作。所以才會告訴我，他放棄念藝大了吧。」

根據他的說法，這的確是唯一的答案。連貫之本人都說過，一切都結束了。

「即便如此，我依然不認為……他已經完全放棄。」

他始終還有留戀。辦理休學也是同理，另外還展現了其他可能性的蛛絲馬跡。

除非這一切跡象都消失……否則我實在無法放棄。

「即使我向您解釋，他的確這麼說過嗎？」

「是的，您說得對。」

望行先生看起來似乎略微不悅地皺眉。

不過又立刻恢復原本的表情。

「我很明白兩位的心情。」

說著，他略為點點頭。

「那麼，接下來請讓我說幾句話。」

雖然平靜，聲音卻充滿威嚴。如果人生中一直累積成功的體驗，就會擁有這種聲音嗎。

「兩位應該已經聽貫之說過，鹿苑寺家族是醫生世家。」

我點頭示意。我已經聽貫之提過鹿苑會這個醫療集團，以及包含官商界的人脈。

「醫療是一個組織。的確有人到處嚷嚷官商勾結的問題。可是要讓多數在地民眾有機會接受完善醫療，就需要穩固的體系，以及與中央的人脈。沒有這些條件是辦不到的。」

我在心裡想，其實有道理。

以前在社會上打滾的時候，讀過一本紀實文學作品。內容是某位醫生要在日本所有城鎮開辦醫療集團。

他以現金攻勢打選戰，不斷推動堪稱有勇無謀的計畫。遭人貼上各種標籤，像是怪人、麻煩人物等。但結果卻是，他讓醫療體系在偏遠地區扎根。

像是特殊技術，以及昂貴醫療器具。某種程度上，與某些利益結合是必要之惡。其中我認為，只要沒有迷失真正的目的「拯救許多人的疾病」，就可以接受。

「要維持醫療體系，最關鍵的是人才。第一線的醫生可以雇用優秀的人選，可是團隊核心最好還是找親人。如此不需要事後灌輸處世哲學，也能統一發生事情時的行動原則。」

望行先生的眼神增添幾分犀利。

一口氣說完後，他僅喝了一口茶，然後平靜地將茶杯置於桌上。

「鹿苑會歷史悠久，從譜代・川越藩的藩醫便延續至今，今後也不會中斷。為了能在這個地區持續提供優良醫療服務，我希望貫之能在這裡好好工作。」

這番話很沉重。現在回想起來，剛才他帶領我們追尋川越的歷史，以及請我們享用歷史悠久的鰻魚飯，一切都是為了這句話的伏筆。

「不過——」

說到這裡，望行先生頓了半晌。

「如果貫之真的，打從心底認為自己該成為作家而走上這條路，我原本打算斷絕父子關係，成全他的決定。」

出乎意料，關於這一點，他似乎也願意妥協。

可是接下來的這句話，

「可是，貫之卻失敗了。即使當初他如此堅持要踏上這條路。」

聽得出來，望行先生已經明確斬斷了一切。

「結果他主動放棄跑回來，證明他只有這麼一丁點熱情。而且自從回來後他什麼也不做，整天無所事事，證明他毫無氣概。即使我說他從一開始就抱持玩玩的心態，他也絲毫不辯解。」

這番話聽得我好心痛。如果不是因為我，貫之根本不會回到老家。

如果這件事情就這樣結束，就等於我拋棄他。

「就是這樣。既然已經無話可說，那我就先失陪了。兩位請慢慢享用餐點吧。」

然後望月先生平靜地起身，深深鞠躬致意後，同樣對店主行九十度鞠躬。然後大大方方離開店面。

我們面對已經完全冷卻的茶飲，始終保持沉默。

◇

就算望月先生叫我們慢慢享用，我們當然不可能久留。於是不久後我們離開鰻魚店，落荒而逃般快步趕回旅館。

回程路上我們都疲憊不已，和奈奈子完全沒有交流。我現在才知道，面對成人，還是如此有成就的人說話，會消耗這麼多氣力。

回到房間之前，我們坐在大廳的沙發。我和奈奈子整個人都躺在靠背上，甚至想在這裡睡覺。

「想不到那位大叔就是貫之的父親。」

奈奈子吁了一口氣。

「這裡在各種意義上都很不得了呢。」

「……對啊。」

我回應後，試著再次回想從昨天到現在發生的事情。

當初在醫院，向櫃檯大姊打聽到貫之的資訊。我一直以為那位大姊與貫之關係較好，才會了解貫之的私事。

可是實際上，資訊可能是店家向醫院透露的。如此一想就可以解釋，為何我們前往醫院，以及在咖啡廳討論等行動會曝光。

（話說貫之以前也提過告密之類呢……）

貫之以前說過，教自己玩耍的學長被迫轉學。那多半也是某人從別處掌握情報後，採取行動的結果。

可以說只要在這座城鎮，所有人都是敵人。

目前我們在旅館聊天的內容，也有可能被別人聽見。

這麼一想，我就覺得大廳愈來愈可疑。雖然除了我們以外，只有一對中年夫婦，以及一名似乎是外國人的男性。可是不保證他們與醫院沒有任何關係。

「奈奈子，先回房間去吧。有話到時候再說。」

「咦，噢……也對。」

見到我使的眼色，奈奈子似乎也察覺氣氛有異。

「在我的房間聊吧。行李放好後就過來。」

應該不至於誇張到有間諜，但還是小心為上。至少我知道，我們在這裡不太受歡迎。

（事到如今，必須下定決心了。）

以鑰匙卡打開房門後，我進入房間，站著思考。

目前可以聯絡貫之。他會不會接電話是另一回事，但是我可以打給他。

問題是，就算能與貫之對話，究竟該說什麼才好呢。

他之前甚至斷言，一切都結束了。望行先生應該不會隨便撒謊，他說貫之主動放棄，應該是事實。

我該怎麼向這樣的貫之開口呢。

我們究竟又能做什麼呢。

房門傳來敲門聲，似乎是奈奈子來了。我開門後，只見她神情有些緊張，

「……我進來囉。」

靜悄悄地進入房間，坐在會客椅上。然後她睜大眼睛環顧四周，

「應該不至於……有針孔攝影機吧？」

「要是做的這麼絕，可就嚴重到會登上全國新聞頭版呢。」

雖然回顧今天發生的事情，的確會如此疑神疑鬼。

我坐在奈奈子前方，單刀直入地開口。

「我想和貫之談一談，而且要盡快。」

奈奈子的表情有些驚訝。

「要談什麼呢？」

「開門見山地談。就算要小手段，也可能會被貫之看穿。所以要確實告訴他，我們真的需要他。」

我目前的所作所為，其實完全只考慮到我自己而已。

不論是貫之對創作依然有留戀，或是回到大學復讀，一切都只是我設想的流程。

可是我深信，這裡一定有活路。

我認為要取回曾經失去的事物，就一定會面對如此巨大的困難。硬要扭曲未來，得拚命咬緊牙根才能成功。

「他……願意聽我們的話嗎？」

奈奈子顯得有些不安。

見到貫之當時的態度，任何人都會這麼想。

「我也很不安啊。可是如果不面對貫之，一切都是空談。」

他會堅持拒絕我們，原因之一肯定是望行先生。

要讓貫之鼓起勇氣面對望行先生，必須點燃他的熱情，讓他覺醒才行。

「也對，自從昨天見面後，貫之肯定也再度思考過……」

昨天的遭遇很突然。之後他應該有時間冷靜思考。

「好……那就打電話吧。」

「嗯。」

於是我在自己的手機上，輸入奈奈子向貫之討來的新電話號碼。

按下通話鍵後，鈴聲隨之響起。

安靜的房間內，只有鈴聲反覆響起。

◇

我指定會合的地點，是偶然相遇的電影院前方。

原因是這個地點我們已經掌握，他也很容易聽懂。

「他會來嗎？」

奈奈子一直很擔心剛才打的電話。

鈴聲響了十次左右，靜待到最後接通的電話，除了他一開始的「喂」以外沒有第二句回應。

我向一語不發的電話另一端告知地點與時間後，切斷通話。

「如果不來的話，他肯定會明確告知不來。」

「也對，這才像他。」

下午五點，四周逐漸轉變成夕陽景色的時候。從我們身後傳來結實踩在馬路上的「沙沙」聲。

我們緩緩轉過身後，

「想不到你還真的打電話給我。」

貫之的身影出現在彼端，毫無開場白。

他的表情難以形容，不知道是哭還是笑。

「因為你只叫我別打給你啊。」

「還真勉強的說法，不過算了。」

我往前走一步，與他面對面。

貫之也筆直與我對視。

他和昨天一樣有精神，但是眼神卻有幾分冷淡。

「所以恭也……你有什麼事？」

貫之平靜地開口。

從這句話中感覺不到任何特殊的心思。

難道他心裡想著，趕快結束這一切嗎。

或者……他在內心某處一直追求這個場景呢。

我吸了一口氣。短暫閉氣後，一股腦地開口。

「貫之，我們希望你回到大學。然後和我們一起創作。」

從大馬路傳來的人群聲，連遠處的此地都聽得見。

電影院所在區域非常安靜。四周住宅區眾多，在這個時間更顯靜謐。

所以如果我們保持沉默，所有從此處發出的聲音都會消失無蹤。

而這正好就是現在的情況。

「……是嗎。」

首先，貫之只說了這句話。

然後他低下頭去，勉強擠出聲音回答，

「抱歉，我辦不到。能不能請你們回去。」

與貫之的面談，一開始就遭到他的拒絕。

見到他沒有繼續開口的打算，

「能不能告訴我原因。」

我主動拋出話題。

貫之則突然改變語氣，

「我老爸已經帶你逛過川越了吧。怎麼樣？」

問我這個問題。

望行先生告訴他這件事了嗎。

「這是很不錯的城鎮。雖然伯父帶我們參觀的都是知名觀光景點，但我感覺這裡很適合居住。」

貫之點點頭，

「沒錯，這裡是很棒的城鎮。不論書店、服飾店，連醫院都樣樣不缺。如果別挑三揀四的話，在這裡住到老都沒問題。稍微努力點甚至能往東京發展，所以也沒有鄉下人矮人家一截的自卑感。簡直……」

然後他嘆了一口氣，宛如說完後發洩心中的不滿，

「對我而言，簡直就像沒有牢籠的監獄一樣。」

聽得我背脊發涼。

這兩天的事情讓我明白，連我這種外人，街上都有好幾對「耳目」在監視我。像貫之這樣重要的人物又如何呢。肯定不論想做什麼，都有人一五一十打小報告。

以為自己能自由活動，實際上在城鎮內隨時隨地受到監視。

即使覺得這種比喻聽起來很離譜，但貫之這麼說也情有可原。

「所以我才離開這座城鎮。可是我受不了出獄後的生活，主動希望回到監獄。畢竟逃獄可是重罪。我被迫保證從此再也不離開這裡，好不容易才獲得允許，繼續待在這裡。」

雖然他充滿挖苦的措辭聽起來很懷念，語氣卻冷淡到極點。

「自從回到川越後，我什麼也沒做。不論工作或唸書，全都丟在一邊。每天割家裡庭院的草，騎機車出遠門。偶爾聽老爸的吩咐向醫院的人打招呼，這就是我現在的生活。毫無變化，也毫無驚喜。」

貫之使勁踩踏腳下的小石頭，發出沙沙的聲響。

「每天重複做同樣的事情，一再重複——哪有什麼拒絕或厭惡之分啊，問題不在這裡好嗎？」

然後他看向我。

他的表情和我之前見過的他完全不一樣。

「是虛無，什麼都沒有啦。」

碎成小塊的石子被他一踹，朝四面八方飛濺。

「所以我才說，一切都結束了。這才是原因，恭也。」

又是一段沉默的時間。

「再見了。」

然後貫之轉過身去，邁開腳步。速度緩慢，但是卻毫無迷惘，準備回到充滿虛無的生活。

「貫之！」

聽到奈奈子的聲音，貫之一瞬間停下腳步。

可是他又再度離去。

只見他繼續前進，朝大馬路的方向走去。

腳步聲逐漸遠離。黃昏逐漸朝我們的所在位置逼近。

我聽得出自己心臟怦怦跳。

現在必須打動他才行。打動他的心，以及感情。

我深吸一口氣。比剛才更大，更強烈。

然後我鼓足力氣，開口喊：

「不對！」

貫之停下腳步。

「完全不是這樣。貫之……其實你還沒有完全放棄。」

然後貫之短暫停留在原地。

在大約緩緩數到十之後，

「恭也……為什麼你能說出這種話。」

他轉頭望向我。

你怎麼可能了解我。他的口氣聽起來像這個意思。

就是這裡，這就是我能幫助貫之的地方。

並且能讓貫之自覺到，他還沒有完全放棄創作。

「之前第一次在川越見面時，就是這裡吧。」

「嗯，我猜想你已經向醫院的人打聽過了吧。」

沒錯，當時我並未多想。

可是，那時候有一件事情不太對勁，一直在我心中縈繞不去。

「貫之，為什麼……你還在看電影？」

貫之的表情看起來略微扭曲。

「什麼為什麼……這是娛樂啊。誰不看電影啊。」

我點頭同意。

「沒錯。可是貫之你不一樣，你並非單純來看電影而已。」

他露出不悅的表情。心中的怒意顯現在臉上。

「你到底想說什麼，別再裝模作樣了，趕快說出來。」

我從口袋裡掏出奈奈子給我的紙張。

「那張紙是什麼啊。」

「是筆記本的內頁啊。你抄了電話號碼，交給奈奈子的那一本。」

貫之不以為意地「噢」了一聲。

「那又怎樣？」

「為何你會隨身帶著筆記本？」

「咦……？」

「貫之，如果你在日常生活中要記錄事情，經常會輸入在手機內。所以根本沒必要隨身帶筆記本。」

我還記得，貫之在大阪的生活中都這麼做。原因我也記得，因為事後輸入進電腦比較方便。

「可是習慣用手機記錄的你，有個時候一定會帶著抄寫用的筆記。」

奈奈子這才恍然大悟地一喊。

「對啊，是電影院……！」

「沒錯，進電影院得先關閉手機電源。所以要寫下喜歡的場景或重點時，無法輸入進手機內。」

這句話讓貫之露出苦瓜臉。

「任何人都會這麼做吧。」

「不，不會。」

我鐵口斷言。

「若是相當喜歡電影的人，或是電影迷就能體會。但是貫之，如果你真的已經放棄了一切，照理說應該會與作品保持距離。」

他嘖了一聲。

「我不認為將電影當成單純娛樂的人會這麼做。」

最後他終於轉過頭去。

「其實你一直在追求吧？追求能讓你燃起熱情的作品，能成為契機的某些事物。」

老實說，其實我沒有百分之百的確信。

他有可能堅稱，這只是普通的筆記而已。但是正如奈奈子所說，如果貫之在向我們求助，在尋找契機的話——

那麼被我說中後，他應該不至於不惜撒謊反駁。

「大學那邊也是一樣。」

別過臉去的貫之，顯得更加動搖。

看得出他屏住氣息，嘴角緊閉。

「……你在說什麼啊。」

他以微弱的聲音，拚命反駁。

可是他的聲音已經沒有抵抗的力量。

「別讓我說出來，我答應過別人了。我這樣說……你就該充分明白我的意思了吧？」

貫之看了我一眼。

「是嗎……你果然連那件事情都知道，才來這裡的啊。」

他的聲音嘶啞。即使明白一切，聽起來依然十分悲觀。

「嗯，沒錯。」

我往前走了一步。貫之依然在原地沒動。

「知道那件事情後，我才發現微弱的可能性。」

我又走了一步。貫之緊握拳頭。

看得出來，他的呼吸變得急促。

『呼、呼……』的喘氣聲，連相隔一段距離的我都聽得到。

「你的心中還殘留對創作的留戀。」

貫之的身體猛然震了一下。

我緊張地吞了口口水。然後近一步開口。

「你願意……承認這一點吧？」

然後我又往前跨出一步。

這時候，

「……已經太遲了啦。」

貫之終於朝我邁開腳步。

「自從回到這裡後，我依然持續煩惱。我一直在思考，這樣真的好嗎。可是要獨自在這座城鎮孤軍奮戰，實在太困難了。所以我才會說，一切都結束了。」

然後他又走近一步。

「我已經告訴過老爸了。事到如今……已經太遲了。」

這時候貫之停下腳步。

接著，換我再度接近他。

「還不遲啊。」

「你說什麼？」

「如果覺得自己做出錯誤的判斷，只要老實承認不就好了嗎。想重新來過的話，那就重新來過啊。我認識的鹿苑寺貫之，應該是這樣的人吧。」

我緩慢接近貫之，試圖確認。

「你認識的我已經不在這裡了。」

貫之則不屑地呸了一聲，閉起眼睛。

「你根本不明白。在這座城鎮裡，面對擁有絕對權力的對象，想推翻自己說過的話究竟有多絕望，你根本不明白……」

他以堅定的語氣，告訴我自己有多無能為力。

聲音充滿懊悔，竭力從口中擠出。

我堅定地聽他的聲音，注視他的表情，然後，

「我的確不知道。」

「咦……？」

貫之抬起頭，表情彷彿不明白我的意思。

「我真的不知道啊。因為對你而言，創作是真正重要的事物吧？是你千金不換的事物吧？你曾經珍惜不已，視為精神依託的事物還留有餘火，難道你能放棄嗎？」

他的嘴動了動。可是卻沒發出聲音。

只見他緊咬牙根，然後閉起眼睛。

「那怎麼……可能呢。」

貫之的聲音變得嘶啞，而且難過。

「我從出生以來，許多年一直在監牢中忍耐，創作就是我唯一的光明。只有在創作的故事中，才是我感覺到自己活著的地點。我怎麼可能輕易放棄呢！」

他用力搖了搖頭。

然後以充滿怒意的眼神瞪著我。

「你到底是怎麼回事啊，恭也。我明明失意到極點，自暴自棄，還叫你別管我。結果你窮追不捨，揭穿我心中的想法，逼我說出真心話。為什麼啊，你到底為何要這麼做……？」

然後貫之憤怒的表情逐漸瓦解。

他露出悲傷，而且難過的表情。顯得焦躁難耐，依依不捨，可是卻又無可奈何。他的表情看起來就像失去了發洩情感的地方。

好不容易。貫之終於——發現了自我。

接下來，換我接露自己了。接露我自我主義的一面，以及目的。

我面對他，然後開口。

「因為我真的是個爛人啊，貫之。」

在我的腦海中，浮現九路田的容貌。

我從他身上學到不少東西。就是身為創作者，究竟該重視什麼；以及什麼才是製作人的矜持。

雖然我不打算和他走同樣的路子，可是在工作態度上，我沒有他那種覺悟。

所以我一直認為，要帶貫之回來需要有相應的覺悟。

「可是，有些事情只有爛人才做得到。」

我注視貫之的眼睛。活力的火苗彷彿已經在他的眼神深處燃起。

「我打算了解所有貫之你想做的事情，以及今後的人生。然後再一次，前來邀請你。而且我不打算窩心地以什麼夥伴，朋友等名義。」

然後我深深吸了一口氣，繼續開口。

「而是我需要能創作故事的鹿苑寺貫之這個人。要進入創作這片難以想像的地獄，我的團隊成員還不夠啊。」

並且咧嘴一笑。

「我們一起下地獄吧，貫之。」

貫之看著我，然後瞄了一眼奈奈子。

奈奈子跟著咧嘴一笑，還豎起拇指。

看得貫之哼笑了一聲，

「你這個人……是怎麼回事啊。」

手無力地垂下來。

「你一直這麼厲害，耿直坦率，處在我這種人完全比不上的境界。我明明嚴重傷到你，但你依然一直關心我，我究竟要怎麼報答你呢。」

沒有的事。你言重了，貫之。

我這個人笨得要死，老是失敗，以為為了大家，結果卻老是傷害到大家。

但我還是喜歡創作，也喜歡大家，才會忝不知恥地跑回來。

相較於獨自煩惱，下定決心，然後再度獨自思考的貫之，我遠遠比不上他。

「不用報答我啦，但如果你覺得欠我一個人情，」

我從包包中掏出一疊紙張，

「那能不能看看這東西呢。」

然後遞給貫之。

「恭也，這是？」

我告訴一臉訝異的他，

「這是我們目前製作中的作品資料。我希望你先看一遍。」

「…………」

貫之屏息以對。

「不需要看過之後採取任何行動。但總之……你先看完吧。」

這是我匯集身邊的一切所製成的「故事」。

現在我決定將一切交給貫之。

對現在的我而言——比起說些什麼，或是訴諸什麼，都不如向貫之這樣傳達更有效。

或許對還難以決定今後的他而言，可能還太早了。

但是我的真心話，就是與貫之共同創作作品。

「………」

聽得貫之沉默不語。即使他注視我手中的文件，卻始終不敢收下。一旦收下這些，某些事物就在在他心中迸發，正因為早已知道會這樣，他才無法下定決心。

不過不久之後，他緩緩伸出自己的手，

「……我知道了。」

確實地收下這疊紙張。

貫之沒有再說些什麼。

即便如此，對我而言就足夠了。

因為我確信，只要他在適當的時機看過內容，一切肯定就會啟動。

第四章　她與他的事情

橋場與奈奈子兩人不在，已經過了三天。

由於他說過，不論再怎麼順利都至少要過一晚。所以我知道，目前還不需要擔心。可是根據齋川的說法，情況不太順利，我也覺得橋場有點陷入困境。

「好歹打個電話嘛……他真是的。」

連剛才的課程我都聽得心不在焉，或者說無法集中。以前從來沒發生過這種事，結果完全被橋場打亂了步調。

「乾脆寫一張清單，列出等他回來之後要怎麼罵他算了……」

在我一邊轉動手中的筆，同時嘴裡嘀咕的時候，

「嘻嘻，真難得看到妳這位優等生發呆啊，河瀨川。」

驚訝的我回頭一瞧，只見身材瘦長，眼睛特別大的男生就站在我身旁。

九路田孝美。根據橋場的說法，他是北山團隊△最強大的勁敵。

「哪有啊，我很正常地聽課。」

「不用強辯了啦。今天真難得見到妳無法回答老師的問題呢。」

被他這麼一說，我感到難為情。九路田說得沒錯，我居然回答不了老師的問題，

真的好久沒這樣了。

真是的！這全都是橋場的錯……好像也不該全怪他。

「所以呢？你不是為了取笑我才找我攀談的吧？」

他「嘻嘻」笑了一聲，聽起來好詭異。

「是啊，因為這幾天好像沒見到橋場，我正在想他怎麼了呢。該不會感冒了吧？」

果然來打聽了，我心想。

我深呼吸一口氣，以免露出破綻。

「他說老家有事情，可能明天或後天會回來。有什麼事情要轉告他嗎？」

「噢，那倒沒有。我只是以為他在謀劃什麼東西而已。」

留下這句話後，九路田隨即離去。

我吁了一口氣，然後開啟手機郵件的收件匣。

『如果九路田打聽，就這樣回答他。』

這是橋場前往關東後不久就寄來的郵件。

九路田不會挖人隱私，然後搞小手段。與其說他在這方面十分光明磊落，不如說他對別人的隱私毫無興趣。

不過橋場說，希望貫之的事情能保密。與其說為了防九路田，其實是為貫之著想。

「他到底有多重視貫之啊……真是的。」

好歹也多重視我一下……這句話差點冒出來，趕緊用力搖了搖頭。我才不希望他對我另眼相待呢！

◇

在腦海裡對橋場發火後，我前往影傳系研究室。因為某位助教授通知我過去一趟，報告近況。

「我進去囉。」

即使敲門也沒聽到回應，所以我敲第三次後便開門進入。

房間內還是一樣雜亂，完全感覺不到房間的主人有整理過。不過她多半知道什麼東西放在哪裡，可能只是整理這個動作的優先順序較低吧。

果不其然，主人在房間內。我半瞇眼睛瞪她，她便笑瞇瞇向我招手。似乎是在向我打招呼。

「耳機摘下來啦。我好歹也算訪客耶。」

我以手勢示意後，她終於拿下耳機。一瞬間流瀉出吵死人的聲音，看來她剛才耳機開得很大聲。

「妳在做什麼？」

「打電動，好不容易玩完最後一款遊戲。哎呀，最近的遊戲又是大容量，又是充滿魄力的ＨＤ畫質，製作起來真是不得了呢。整個業界都瘋了呢。」

我吸了一口氣，坐在沙發上。然後擰開帶來的寶特瓶，咕嘟咕嘟喝了幾口茶。

「我可以幫妳泡咖啡啊。」

「免了。姊姊妳泡的咖啡有時候特別苦。」

她明明在各方面都十分優秀，偏偏在廚藝方面不知道該說是隨便，還是完全不行。

「說得對。英子妳泡的咖啡好喝多了。」

她咯咯笑了笑，和平常一樣。

「所以呢？特地找我來，代表發生了什麼事吧？」

我開口一問，姊姊便露出有些寂寞的表情。

「說話別這麼衝嘛。我只是想確認妳是否有精神。」

「我不是有回覆妳一直寄給我，寄到我都嫌煩了的郵件嗎？」

「偶爾回吧，每五十封回一封左右。」

「誰叫妳每天都寄給我。而且內容全都是『怎麼樣』或是『還好嗎』。因為一一回覆太麻煩，偶爾有回信妳就該偷笑了。」

我略為強硬地回嗆，結果姊姊看著我，咧嘴面露笑容。

「有什麼好笑的啊。」

「沒有啦，只是心想，英子妳有了寄郵件的對象，明明會立刻回覆對方呢。」

「啊？我哪有這種對象……」

「橋場。」

幸好我這時候嘴裡沒有含著茶。如果嘴裡有茶，多半會猛然噴在研究是的桌上。

「怎、怎怎怎麼會是橋場啊！我才不會立刻回覆他呢！何況他每次聯絡我，幾乎都不會有好事。如果不立刻回應他，之後我會很麻煩，我才會急著打電話聯絡他……！」

說到這裡我停了下來。因為氣人的姊姊臉上的笑容更深，還盯著我瞧。

「……我可以回去了嗎？」

「不行，多告訴我一些近況再走。妳和團隊的其他成員相處得順利嗎？」

即使感到麻煩，我依然向她說明。

包括奈奈子，志野亞貴，美研的社員，以及齋川。一邊說我一邊心想，相較於去年秋天，我接觸的對象變多了。比高中和大一時多得多。

在我說明的期間，姊姊開心地笑著。

「為什麼一臉笑咪咪的啊。」

「沒有啦，只是心想我的選擇是對的。」

……什麼意思啊。我猜肯定是去年夏天的製作，半強迫塞我進入橋場團隊吧。一開此我很驚訝，還為此生氣，不過以結果而言的確是好事。即使很不甘心，但姊姊的判斷是對的。

「總之看妳有精神就好。」

說著，姊姊拿起文件在桌上敲了敲，發出咚咚聲整理。

「那這次我真的要回去囉。」

說完，我轉過身去。最近我終於知道，剛才的動作是姊姊要再度回到工作的信號。

「啊，對了，最後有句話忘了說。」

「什麼啊。」

我回頭一瞧，發現姊姊臉上浮現討人厭的笑容，討厭到簡直不該存在於這個世界上。

「我超期待 Cosplay 咖啡廳的。」

「！！！！！！！」

為什麼，為什麼她已經知道了

「啊、啊啊啊啊啊……」

我當場呆站在原地，還忍不住喊出聲音。

因我不能讓她知道自己受到打擊的模樣。否則絕對會被她當成哏，掛在嘴上嘲笑。

所以我使勁在表面上逞強，

「想、想來的話就來啊！我才不管！」

一副隨姊姊高興的態度，關上研究室的門後，隨即大跨步快速離去。

可能是我太怒氣沖沖，一旁的學生與教職員都在看我。但我不管其他人，在水泥走廊上快步行走。

「啊～～真是的，全都是齋川的錯，她真是的!!!」

剛認識的時候以為她是文靜的女孩。結果自從昨天讓我換上Cosplay裝後，她就異常親近我，或是說黏著我不放。雖然我不討厭她這樣，但我希望她別一直讓我試穿自己擁有的服裝。還有也別動不動緊貼我的身體。

停下腳步後，我偶然思考。想像自己在Cosplay咖啡廳的模樣。

「好難受，我哪能好好地待客啊。」

如果真的要接待姊姊的話，我要徹底冷淡應對她。不對，以我扮的那名角色個性來看，其實很普通。反而做出『好萌好萌啾～』之類的動作比較蠢吧。

「…………要我做出『好萌好萌啾～』的動作…………」

光是想像就頭痛不已，我決定從腦海中暫時移除這個話題。取而代之，我在心裡發誓，等一下要使勁搓齋川的太陽穴懲罰她。

◇

「早安，奈奈子。」

隔天上午，我在大廳迎接奈奈子。

「呼啊……恭也你起的真早呢……我完全爬不起來。」

她似乎有設定鬧鐘，結果關也關不掉，直接睡起了回籠覺。

不過想到昨天接連發生緊張的大事件，會賴床也很正常。

「因為剛才辦了點事啊。話說今天怎樣？要繼續觀光嗎？」

奈奈子用力搖了搖頭。

「不用了。況且我也擔心大家。」

「我就知道妳會這麼說。」

其實連我也有回去的打算，所以沒有反對奈奈子的意見。

退房之後，我以手機 app 預訂了到高田馬場的特急車票。同時也訂了直接轉乘的新幹線車票。

從本川越車站搭乘特急列車，打了一會盹醒來之後，車窗外已經是東京的景色。與去程同樣在高田馬場轉成東西線，前往東京。然後我們轉乘新幹線，坐上雙人座位。

等列車過了新橫濱站後，我們終於喘了口氣。

「貫之他不要緊吧……」

背靠在快躺下的椅子上，奈奈子嘴裡嘀咕。

結果貫之的下一步依然沒有結論。後來貫之一句話也沒有開口。

可是我認為，我們能盡的努力已經到此為止。

「能說的我們都說了，想法也傳達給他。我覺得我們已經盡了力。」

接下來就看貫之怎麼判斷，以及望行先生會如何回答。

「所以我們就回到自己的作品上……怎麼了，奈奈子？」

仔細一瞧，發現奈奈子緊盯著我不放。

「我一直覺得。」

「怎、怎麼了？」

「恭也你啊，真的想了好多呢。」

「……為什麼會這麼想？」

「和你在一起，在一旁聽你說話，讓我這麼覺得。既然你都想了這麼多才開口，貫之應該也會鼓起幹勁吧。」

奈奈子從座位上湊過身體告訴我。

「雖然他有點欠揍，不過寫的作品十分有趣。所以當初聽到他不念大學時，我大受打擊呢。」

說著，奈奈子閉起眼睛。

「像我這種什麼都不會的人留在大學，貫之這種有才能的人卻輟學，我覺得很奇怪。」

她露出寂寞的表情。

貫之離去對奈奈子的影響，難道超乎我的想像嗎。

「不過恭也你說的沒錯。我認為貫之今後能寫出比之前更有趣的作品。」

「嗯……」

我跟著點頭同意。

然後奈奈子頓了頓，仰頭注視天花板，嘆了一口氣。

「直到現在，我也絲毫不覺得自己具備才能。」

「……是嗎？」

她難為情地「嗯」了一聲，低下頭去。

「畢竟是念影傳系啊。明明沒有學過音樂，結果現在卻和音樂系的朋友一起練習發聲，回到住處就忙著作詞作曲。真是奇怪呢。」

奈奈子自嘲地呵呵笑。

「可是我喜歡目前在做的事情。所以只要自己心中還有歌聲，我就打算持續下去。」

如果奈奈子從事音樂的原因，只是因為我告訴她，或是向她推薦的話，我會覺得自己實在罪孽深重。

不過太好了。她已經在心中確實理解，持續的原因是因為自己想唱。

這是最讓人高興的事情。

「即使將來不靠這一行吃飯，只要我還有興趣，應該就會繼續唱歌。」

奈奈子看向我，露出笑容。

「所以謝謝你，恭也。謝謝你教我唱歌。」

聽得我鼻頭一緊，眼眶差點濕潤。在不同世界的未來，堅持唱歌的奈奈子拯救了我。而在這一次事情中，奈奈子同樣幫助了我。

想不到她能露出最棒的笑容，向我道謝。至少我認為，現在的自己還配不上她。

「何必這麼客氣呢。」

目前她能開心地接觸音樂，光是這樣就讓我非常高興，並且感激。

「我只是喜歡奈奈子持續創作，今後也想繼續看妳走在音樂這條路上。」

這是我真正的心情。

「我會努力不辜負你的期待。」

她的語氣莫名地恭敬，聽得我和奈奈子都忍不住笑出聲來。

◇

抵達新大阪站後，我們沒有去其他地方，決定直接回住處。一開始我們就不打算找地方吃個飯。總之只想趕快回到大家身邊，繼續著手許多事情。

在天王寺站轉車到阿部野橋站，搭上平時的南大阪線列車。

光是熟悉的風景在車窗外出現，就讓我們鬆了口氣。

不知道貫之能不能再度看到這些風景。完全得看他和望行先生商量的結果。

我們在能力範圍內盡了力，貫之也表達了自己的心情。接下來故事的走向，將會依照他的動向而決定。

沒有碰上誤點，中午過後我們順利抵達離住處最近的車站。跳上熟悉的公車後，在一須賀公車站下車。

我們熟悉的住處出現在十字路口的不遠前方。

「明明才離開四天而已，卻覺得特別漫長呢。」

「真的，可以理解。」

行程從一開始到結束都十分緊湊。

沒有想到會在那個時間點碰到貫之的父親。不過包括這起突發情況在內，這的確是珍貴的體驗。

不知道將來有沒有機會感嘆，這次的經驗非常好呢。

奈奈子率先接近門口後，

「咦？好像很熱鬧呢。」

表示不解地歪著頭。

「齋川，還有河瀨川應該在……不過她們兩人應該熱鬧不起來吧。」

真要說的話，會讓人聯想到她們在悄然無聲的房間內，坐著面對彼此。

「不過好像有人大聲說話耶？說著『不錯喔！』『太棒了！』還有『絕對沒這回事！』『開什麼玩笑！』之類……」

「內容完全預料不到呢。」

如果這是她們兩人的對話內容，與其說玩笑開得很大，氣氛更讓人懷疑『她們的感情有這麼好嗎？』

由於門沒鎖，感覺也不像正在換衣服。

所以，

「我們回來了～」

猛然推開門的一瞬間，

「哇！！！！」

「呀——！！！！」

來得非常突然。

兩名女生，尤其其中一人更是放聲尖叫。

「呃，這個……我們回來了。」

「哎、哎呀～看兩位這麼有精神，真是太好了……」

我們看到兩名女生的行動，或者該說外表，明顯露出困惑的神情。

五顏六色的服裝散落在房間各處。

堆成小山的配件不分類別，世界觀也五花八門。

「歡、歡迎回來……兩、兩位回來的真早……」

只見齋川美乃梨戴著尖帽子，身穿紅色長袍。手上拿著前端有寶石的法杖與陳舊的魔法書，一身奇幻咒術師風格的打扮。

「橋、橋場……你、你怎麼突然跑回來……!!」

河瀨川英子則頭戴粉紅色頭盔，身穿比基尼鎧甲。打扮成有點……不，相當暴露的女性劍士。

「哈、哈哈……看妳們玩得很開心，真是太好了……」

面對眼前的兩人，我的腦袋還跟不上發生的情況。

「呃……」

在我說出下一句話的瞬間，

「呀——滾出去～～～～～」

塑料海綿製的皮盾筆直飛過來，砸在我的臉上。

「噗!!」

砸得我往後退的同時，房門也猛然關上。

「……好像看到了非常罕見的景象。」

奈奈子感慨良多地回想剛才見到的光景。

◇

一陣驚聲尖叫後，表情凶神惡煞的河瀨川將我趕出家門。等換好平時的服裝後，才終於放我進入房間。

「話說 Cosplay 咖啡廳啊……真是卯足了勁呢。」

然後我聽說了事情的原委。

齋川提議舉辦 Cosplay 咖啡廳，桐生學長一如往常興致勃勃。由於也沒什麼人反對，於是決定在學園祭上舉辦這項活動……到這邊其實都一如往常。

不過河瀨川沒有反對，還積極地準備，這一點我比較意外。

「所以才在房間內舉辦 Cosplay 大會嗎？」

聽到我這句話，河瀨川滿臉通紅地發脾氣，

「我才沒說要辦呢！全都是齋川不好！」

「欸～但是學姊自己不是說，在服裝交給大家之前，自己也想穿穿看嗎～」

「才沒有！我只是說確認一下尺寸而已！」

「拜託～是學姊率先換穿的，我才會跟風，怎麼可以推給人家呢～」

「就說不是了啦！」

齋川與河瀨川的關係變得十分要好，讓人懷疑這幾天究竟發生了什麼。

如果讓河瀨川解釋，她可能會說一點都不要好。只是齋川主動貼過來，才會陪她胡鬧。不過看在旁人眼中，兩人的互動完全就像姊妹。

「……原來英子妳喜歡這些啊。」

「拜託，奈奈子，別這樣看待我好嗎!?」

總之她似乎和大家十分融洽，太好了。

然後我環顧四周，發現少了一位居民。

「咦？話說志野亞貴呢？」

平時她總會待在這裡，笑瞇瞇看著大家打打鬧鬧，結果今天卻不見人影。

對於我的問題，齋川與河瀨川都嘆了一口氣。

「……發生什麼事了？」

「不，什麼事也沒有。不如說亞貴學姊目前狀態絕佳。」

河瀨川也點頭同意齋川的話。

聽兩人解釋，得知志野亞貴依照當初的預定行程。自從我們前往川越後，經常集中精神工作。

不過當初沒有料到她會在房間裡關這麼久。

「起先有正常用餐，有時候休息也會來到一樓。」

結果她關在房間裡的時間明顯增加，喊她也沒有回應。擔心她的河瀨川還數次進入她的房間。

幸好她的健康沒有問題。只不過模樣明顯不太正常。

「她一直在畫畫……讓人懷疑她到底幾點睡覺。從她的房間只傳出畫筆游移，以及翻動紙張的沙沙聲。」

昨天房間再度無聲無息，擔心的齋川進入房間。發現志野亞貴依然手持畫筆，表情非常開心，

「學姊說『美乃梨妹妹，畫畫真是開心呢～』……」

齋川說……房間內散亂的繪圖紙多到沒有立足之處，站立在房間中的她，宛如最終頭目一樣。

「亞貴學姊被附身了。不過絕對不是什麼不好的事物。」

的確是。即使九路田追求技術上的最高峰，也不會犯下工作量過多壓垮她的錯誤。

「能讓學姊這麼喜歡畫畫，而且還能畫這麼久，到底是有多厲害啊……我被深深震撼了呢。」

沒錯，志野亞貴會畫這麼多圖，可能出自她的意願，一切都可以歸納到她自己。

「抱歉，有點嚇到齋川妳了。」

她最喜歡又仰慕的志野亞貴突然變了一個人，可能受到了打擊吧。

雖然我這麼想，

「嚇到……？並沒有喔。」

出乎意料，齋川很乾脆地否定。

「我嚮往亞貴學姊的地方，是她畫的圖，以及對畫圖的熱情。當然學姊本人也非常可愛，我很喜歡她……」

她搖了搖頭，示意著『但是！』

「現在的亞貴學姊或許有點難以接近，可是我覺得，她非常帥氣呢！」

「那、那就好。」

「所以說，我也要再稍微集中一些！差不多該開始繪圖作業了！」

說完，齋川便跑進房間內。

這樣我就放心了。她果然也是徹頭徹尾的創作者。

「不錯呢，感覺就像對手。」

見到齋川神采奕奕的表情，奈奈子也一臉開心。

「恭也，志野亞貴她啊……已經發現了呢。」

「對啊，我想也是。」

奈奈子點點頭表示「是嗎」，

「那我也得加油了。」

露出爽朗的表情，挺起胸膛。

「畢竟她是對手嘛。」

一瞬間聽得我心驚。

因為我覺得，剛才奈奈子這句話……似乎話中有話。

「恭也，你已經決定好概念了吧？」

「噢，嗯，當然。」

「那就立刻告訴我。我不想忘記現在的感覺，想趁還記得的時候作曲。」
奈奈子說完後，齋川的房門跟著很有默契地開啟。
「啊，橋場學長，我也要！我現在好想畫畫，可是一直延後，我快忍不住了！」
齋川嘟起臉頰向我抗議。
「知道了，我知道了！總之至少讓我放下行李，給我時間整理吧！」
「好～！」
兩人很有默契地回答後，跟著蹦蹦跳跳回自己房間。
熱鬧的空間平靜下來後，再度恢復安靜的氣氛。
我和河瀨川都鬆了一口氣。
「辛苦了。」
「我回來啦。謝謝妳幫忙看家。」
「就是說嘛。你出門的時候丟下好多事情呢。」
「抱歉。話說妳那些行李是？」
河瀨川半瞇著眼睛瞪我，
「替換衣物。我心想你可能還不會回來，做好長期戰的覺悟，不過看來不需要了。」
「是嗎，代表裡面也是Cosplay……」

河瀨川的犀利眼神射穿我的全身，絲毫不允許我開玩笑。

「……你還要說下去嗎？」

「……不說了。呃，抱歉……之前太晚聯絡妳。」

「真是的……」

河瀨川嘆了一口氣，然後露出柔和的表情。

「那麼結果如何了。」

我簡短告訴她在川越發生的事情。

包括貫之，貫之的父親，以及今後的事情。

「什麼都尚未結束，也完全無法確定。」

「嗯，可以說接下來才是重頭戲。」

河瀨川也點頭，

「希望對貫之而言能有好結果……但我現在完全無法斷言。」

沒錯，這件事情不只尚未解決，連結果都還沒出爐。

可是我們必須製作等待我們完成的作業。

「志野亞貴會成為強敵喔。」

「嗯。」

「因為你主動走向坎坷的道路。」

或許的確是這樣。如果我要在系上當第一，只要將志野亞貴的才能納入自己手中即可。

在運動的領域，同樣會為了避免肥到其他隊伍，刻意將充滿才能的選手養在自己隊伍裡不放。

不過如今，我可不打算這麼做。

我著眼的是將來。

「不會坎坷啊。話說我們團隊終於啟動了。」

「是嗎？」

「奈奈子與齋川都受到志野亞貴的刺激。她們肯定會幫忙創作出優秀作品。」

身邊的人如果積極，也會影響其他的人。

創作者更是如此。即使是自由創作者，也會打造集團工作環境；一邊通話一邊工作的原理也類似。

不過我倒沒有料到，她會如此全心全意投入工作。

「總覺得都依照你的計劃進行，有點沒意思呢。」

「不過妳應該也明白我的想法吧？」

即使噘起嘴表達不滿，河瀨川依然點點頭。

「話說接下來才辛苦。由於貫之不在，不論前線指揮或是概念，都必須由你來決定。」

「那倒不要緊，因為我已經全部決定好了。」

「之前在這邊的時候不是還很猶豫嗎？」

我向擔憂的河瀨川露出笑容，

「嗯，就是為了決定猶豫的事情，我才會去川越一趟。」

沒錯，其實我已經決定故事該怎麼發展了。

接下來得看主要流程會不會順著我的決定運作。

「你可千萬別翻車啊。」

「那當然。」

我面對幾小時前還待的場所，略為看了一眼。

（等著看吧。）

演員已經叫到舞臺兩側的布幕後，劇本也交給他們了。

接下來只剩下將所有人拉到舞臺上。

◆

他們已經回去了。

從昨天晚上道別後，我的心情就紛亂得無以復加。他們兩人還真是吵鬧啊。

由於少了他們，現在真的安靜到離譜，寂寞得可怕。

「拜託也為留下來的我著想吧，恭也。」

除了寬廣以外，東西不多的自己房間，感覺比平時更加空蕩。

總是能聽到別人聲音，吵死人的共享住宅，顯得格外溫馨。

「可惡！所以我才討厭這樣啊……」

我用力搖了搖頭，甩開逐漸復甦的記憶。

老實說，我很高興。之前一直在內心角落暗想的內容成為現實。他們，尤其是恭也並沒有忘記我。雖然我嘴上依然像小孩子一樣強辯抵抗，其實我心裡很開心。

「可是……接下來該怎麼辦啊。」

頑固的老爸對創作絲毫不感興趣。事到如今，我根本無法推翻當初放棄走這條路的決定。老爸甚至有可能不肯聽我解釋。

在這種情況下，我究竟該怎麼報答他們呢。

面前是恭也交給我的一疊紙張。

「看來……只能看了吧。」

就算看完，我也不認為會有什麼戲劇性的變化。如果上頭寫著克服老爸難關的秘策就算了，但是根本不可能有這種東西。

他究竟心裡在想什麼，才會交給我這種東西啊。

即使心中帶有疑問，我依然拿起文件開始翻閱。

然後，

「這是什麼啊。」

看到最後，我抱住腦袋。

文件上寫的是影片的企劃。不是戲劇，而是ＭＶ。我當然知道初茵與Nico動畫在流行，問題不在這方面。

而是內容。企劃案的內容實在太片段了。

橋場恭也這個人特別擅長打基礎，當時製作同人遊戲也一樣。『目的就在這裡，知道現在得做什麼吧？』彷彿先堵住退路後，再找我打一場穩贏不輸的架。這就是他最可怕的地方。

可是如今在我面前的企劃書，實在粗糙的離譜，一點都不像他的作風。如果是河瀨川看到的話，感覺會劈頭以理論反駁他。

說不定企劃書要加上口頭解釋後發表。但若是如此，就無法解釋他為何只默默給我這疊文件。

「伏筆……？不，話說提示也太少了，難道暗藏密碼嗎？」

目前完全不明白他給我這個，到底要我做什麼。

結果即使翻到最後一頁，還是不明白企劃書的目的。

碎片化的隻字片語的確讓人感到好奇。不過僅止於此。毫無連結，缺乏相關性的詞彙就只是普通的文字，至少無法靠這些東西打動我的內心。

「不行，完全看不懂。」

我將企劃書丟到床上。難道我的感性變遲鈍了嗎？不，即使狀態不算完美，我也自認沒有疏於收集情報。關於上傳影片的文化，我也能體會到局限在框框內的電影或戲劇不具備的樂趣。

可是提示這麼少，彷彿叫我完全光靠當下的衝勁與氣氛創作。我不想批評優先以印象創作的方式。但若是這樣就不明白，為何要讓我這種會建構理論的人看這份企劃書。

我茫然盯著天花板，同時考慮恭也的意圖。

然後我的視線轉向剛才丟出去的企劃書。正好頁面翻開，最後一頁的後方面向我。

「……這是什麼啊？」

偶然看到內容後，我才發現。

所有頁面都是單面印刷的企劃書，除了最後一頁。只有這一頁是雙面印刷，印著真正的最後一頁。

內容很簡單。只有一句話，以文字組成。

『上傳期限：九月一日』

◇八月二十三日◇

北山團隊△快馬加鞭趕製影片。

這次的作品一如之前的決定，是奈奈子創作的歌曲ＰＶ。以齋川潤飾過的初茵製成連環話劇，搭配簡單的動態文字製成影片。

首先是影片的基礎，歌曲。

前往川越的時候，我利用空閒時間，告知奈奈子歌曲的印象。

這次作品的主題是『忘記唱歌的女孩與初茵的故事』。

「連不會唱歌，或是討厭唱歌的人都能製作有Volcaloid的曲子。這一點我覺得非常了不起。」

契機是奈奈子準確地說中初茵流行的原因之一。我才想到，能不能創作出替換成創造力的作品。

我實際告訴奈奈子後，

「不錯耶，好像很有趣。雖然和自己有交集，讓我有點難為情呢。」

雖然她感到害羞，但這正好也是我的目的之一。

即使時代設定改變，或是奇幻世界，只要能接近劇中角色的心情，就能在作品中表達出真正的情感。這就是幾千年來愛情能成為創作物題材的原因之一。

這次作品的世界觀，我選擇略為接近科幻的廢土風。故事中的女孩住在人口剩下十分之一的未來，也幾乎沒有同年齡層的人，整個世界緩慢地走向毀滅。

（其實也不算新穎……）

老實說，很難說有多少獨創性。這種設定在以前的科幻作品或輕小說多如牛毛。不過自從初茵誕生後，結合廢土世界觀與初茵逐漸在 NicoNico 上形成潮流。由於體裁接近，還可以降低觀眾的收看門檻，才會考慮這種設定。

所以我再次讓奈奈子作曲，

「…………非常好，很棒喔。」

最後她完成的曲子真的讓我讚不絕口，品質很高。

「真、真的嗎？不是騙我的吧？恭也，你不是為了幫我打氣才這麼說的吧？」

奈奈子人在以耳機聽歌的我身旁，顯得非常不安。

「不，是真的很棒。不用重錄，就這樣上吧！」

我示意ＯＫ後，

「太好了!!!總、總之我要先睡三天！然後去卡拉ＯＫ唱個過癮!!」

說著奈奈子高舉雙手，喜出望外。

畢竟她以前做的曲子都立刻被我打回票，然後陷入低潮。我能這麼痛快地點頭過關，對她而言肯定非常開心吧。

實際上，她的曲子做得非常好。依照我的要求，一開始只有Vocal，然後逐漸增強伴奏。歌曲最後的高潮部分也編排得很完美。

「不過……」

我偶然嘀咕的一瞬間，

「不、不會吧，都ＯＫ了還有什麼問題嗎？恭也，難道你要這麼不留情嗎？」

以為要重錄的奈奈子，緊張地拚命追問。

「不是啦，曲子真的做得很棒。不過我想添加一點演出。」

「演出？」

然後我與奈奈子交頭接耳。

根據這一次製作影片的特性，以及作業本身的特性。還有條件。

基於這些要素，我究竟想創作什麼樣的故事。

歌詞，歌曲，以及劇情。我針對這些方面下達了一些指示。

全部聽完之後，奈奈子的感想是，

「可是……這樣沒問題嗎？」

「我就知道妳會這麼說。」

即使她能接受，卻顯得非常不安。

「不過這樣就好。因為完全沒有偏離我事先訂下的界線。」

「嗚……」

雖然她依然歪頭疑惑，但我對歌曲的完成度非常滿足。

（好，接下來是圖畫。）

◇八月二十五日◇

受到化為插圖魔物的志野亞貴影響，齋川也接連幾天關在房間內。

不過她似乎尚未完全化為魔物，

「啊……亞貴學姊的成分不夠……河瀨川學姊，能不能至少讓我攝取一下學姊的成分呢……？」

「不行，別撒嬌。」

「好過分！之前不是答應我，可以撒嬌的嗎！」

「那是因為橋場他們不在！話說橋場，你也罵一罵這個變態女孩啦！」

「拜託，學姊說得太過分了吧！」

即使她不時會瞎扯一下，但工作似乎依然順利進行。話說我不在的期間，她們兩人之間發生了什麼啊？

然後到了八月底，二十五日，影像團隊該開始工作的時候。

「完、完成了……所有段落的圖畫素材，畫完了……」

齋川一隻手拿著USB隨身碟，疲憊不堪地爬出房間。看她似乎隨時準備倒頭就睡，連眼鏡都摘了下來。

「辛苦啦！我立刻去確認。」

接過隨身碟後，我立刻與河瀨川確認。

「噢噢……」

看得我們屏息以對。

齋川的畫風原本不是走可愛風格。而是真實筆觸，頭身比例也偏高。

所以為了活用氣氛，我讓她盡量不改變畫風，起草這次作品的設計，結果非常契合。

流利的筆觸，搭配大膽使用原色的色彩。加上志野亞貴教她利用材質的潤飾技巧，提高了圖畫整體的品質。

（可以直接當成輕小說的插圖使用呢。）

以單一插圖來看，目前的潛力足以與志野亞貴一拚。

「河瀨川，妳覺得如何？」

我還讓最近深入研究後，已經完全變成初茵博士的河瀨川確認。

「……真不得了。對初茵原本的設計改編得相當大膽呢。不過平衡非常巧妙，好的無可挑剔呢。」

河瀨川接近累趴的齋川，

「齋川，妳非常努力呢。妳的畫非常棒喔。」

說完摸了摸她的頭。

「嗚、嗚嗚，謝、謝謝學姊的誇獎～～～～」

可能受到工作結束後的情緒影響，齋川喜極而泣。

「學姊，有件事情想拜託您。」

「什麼是？」

「紀念工作結束，能不能讓我緊緊抱一下，緊緊抱抱……」

河瀨川毫不猶豫，朝齋川伸出雙手。

「嗯呀——！」

緊緊將齋川的臉按在座墊上。

「……等影片完成後，倒是可以讓妳抱一抱。」

「嗚嗚～不過我還是喜歡這樣的學姊～」

我也一臉苦笑，同時安慰努力的她。

「辛苦了，齋川。」

總之這麼一來，音樂與圖畫都有了。

接下來就看如何整合這份最棒的素材。

◇八月二十七日◇

利用製作同人遊戲賺到的錢，我大手筆購買製作影片用的器材。原本我就為了製作而配了一臺高性能電腦，因此只要購買影片剪輯軟體與特效軟體。再加上能調整文字周邊的桌面出版軟體便準備就緒。

「啊，在這裡稍微停一下。整行歌詞不要突然出現在畫面上，改為分行後各自浮現。」

「是不是分成不同的物件比較好？」

「也對。之後再觀察平衡性，或許應該分別添加效果。」

「知道了，我試試看。」

河瀨川點頭後，迅速進行剛才提到的工作。

「橋場，能幫我看一下這邊的動作嗎？」

火川從後方向我招手。

「嗯，我知道了。」

這次的製作過程，真的很感謝有火川在。之前他的職位是助理導演，主要工作是協助。不過他對剪輯影片感興趣，於是我讓他負責特效，結果真是挖到了寶。

「初茵的頭髮我嘗試區分圖層，會依照動作搖晃，如何？」

影片後段，有一個分鏡長時間停留在一張圖上。大約十秒左右的影像，角色的頭髮很完美地自然搖曳。

「好厲害……你用了什麼插件啊？」

對於我的問題，火川使勁拍了一下自己的手臂，

「靠手工完成的！」

開心地說。如果全部畫面都要輸入關鍵影格使其活動，那可是相當辛苦的工作。

火川對於這些細節不會偷工減料，十分按部就班。剪輯工作有這種工匠型的人真是太好了。

「哈哈，真是幫了大忙。畢竟這段分鏡拖得有點長呢。」

老實說，我正覺得光靠張嘴與眨眼很難撐這麼久。

「對啊，畢竟對手可是打著全動作動畫的旗號呢。我們也得盡可能精雕細琢挑戰啊。」

火川手扠胸前，嘀咕了一聲。

我們視為假想敵的九路田團隊已經宣布，他們會製作動畫。而我推測他們可能會採用全動作動畫。

所以他才會找志野亞貴加入。要製作九路田心目中的頂級作品，照理說會追求這種等級的衝擊力。

「靠這部作品能贏過他們嗎。」

河瀨川的語氣有些不安。

正在剪輯的畫面中，播放著靜態圖片添加動作後，像動畫一樣活動的作品。不過這終究是扁平、二次元的表現手法。就算要呈現深度，頂多也只能並列圖層放大縮小，或是利用景深達到「看起來有在動」而已。

我的回答是。

「這樣就可以了。」

聽到這個不算回答的回答，火川與河瀨川都露出不解的表情看我。

「這樣就夠了。」

宛如確認般又說了一次後，我再度盯著螢幕瞧。

齋川使勁渾身解數創造的角色，唱出奈奈子的美聲，再藉由我們影像團隊的力量賦予動作。

而要注入最後的生命——方法只有一個。

「我們的戰場，就在那裡。」

同時我祈禱，這部影片中極為接近私信的訊息，能傳達給即將上戰場的那個人。

◇九月一日◇

然後到了命運之日，九月一號零時。

這次的作業要在NicoNico動畫舉辦的『NicoNico夏秋假期作業』期限內上傳影片。影片會排名，贊助的出版社與遊戲廠商會頒獎給贏得最優秀獎的影片。

當然對我們而言，更在意系上的排名。二年級有十五個團隊，人數與規模都大相逕庭。其中我們北山團隊△與九路田團隊的人數特別多。

「準備好了嗎，火川？」

正在測試編碼的火川對我示意ＯＫ。

「萬無一失，應該可以在期限內成功上傳。」

這一天，我們團隊所有成員，以及志野亞貴都在共享住宅內。完成所有工作的志野亞貴說她全身疲倦，從剛才就一直讓開心的齋川幫她揉肩膀。

「美乃梨妹妹謝謝妳～感覺舒服多了呢。」

「不、不會，我也很舒服，十分開心喔！」

……聽起來有點不正經，不過無妨。

客廳的被爐上放著一臺筆電。這是為了確認上傳的影片，實際上是透過位於客廳旁，奈奈子房間的電腦上傳。

「亞貴學姊她們團隊究竟會是什麼樣的作品呢。」

齋川已經滿心期待上傳的影片。

「聽說志野亞貴今天也是第一次看？」

奈奈子一問，志野亞貴便緩緩點頭，

「對呀～我問九路田同學，他說在公開日之前都要保密。」

沒錯，九路田團隊的作品甚至沒在團隊內試映。包括最後的上傳在內，全都由九路田親自經手。

「真是秘密主義到家了呢。不過他們肯定花了相當大的功夫。」

河瀨川手扠胸前，在不遠處盯著畫面。

「妳怎麼看？」

「我不知道……但是我有不好的預感。始終覺得對我們不利。」

雖然希望出現有利局面，但我也覺得她的預感是對的。即使料到一開始多半會輸，但如果差距拉開太大，不用比第二場就知道輸定了。

「啊，時間到了！」

聽到齋川的聲音，所有人的視線都集中在筆電上。

「好，上傳完畢！」

火川傳來聲音，我們的作品上傳到網站上。

然後，

「啊，九路田同學也上傳了～」

九路田團隊的作品『藍色森林』，同樣上傳並且公開。

我們所有人都鑑賞九路田團隊的作品。

舞臺是一片充滿藍色的森林。

從長時間的遠距離鏡頭，逐漸變成近距離圖，接著是特寫在森林中自由翱翔的女孩。觀眾這時才發現到，原來藍色是海水的顏色，代表沉在海底的森林。

女孩子的腳上有蹼，在海裡與魚兒們一起自由地游泳。

背景美術畫出了許多讓人在意的地方。穿過森林區域的彼端，還可以看見似乎沉在水裡的城鎮。但卻沒有明確表示那究竟是什麼。

最後女孩子從海裡飛上空中，朝向太陽大大地舒展身體後，正好五分鐘的影片結束。

以文字形容的話，或許可能會看漏。

不過問題在於，這些內容都是全彩的全動作動畫。不論影片、背景美術、音響、剪輯、以及特效，所有部分都無可挑剔。水準高到絲毫不遜於在電影院播放的動畫。

「她的作品真是驚人啊……」

我忍不住開口。

即使看在外行人的眼裡，水的呈現也極為困難。若要以動畫呈現，不論是動靜的理解，畫工或精神力等方面都要達到很高的水準。否則成品很有可能畫崩。

九路田認為在這段期間內「畫得完」，委託志野亞貴，並且成功。他的判斷能力實在很驚人。

毫無疑問，有志野亞貴出類拔萃的能力才辦得到。不過挑選能讓她產生興趣，並且挑戰的領域，最後還能達成目標。不得不說這是製作人的力量。

「原來是這種感覺啊～真是厲害～」

志野亞貴彷彿事不關己地觀賞影片。她之前說畫水的場景很開心，不論怎麼畫，都覺得自己還能畫得更好。現在我才知道，那些超大量的嘗試錯誤原來是在呈現水。

「咦，這些，真的是志野亞貴畫的……嗎？」

奈奈子似乎還陷入混亂。

「這是……這是亞貴學姊畫的……」

齋川雙手放在志野亞貴肩上，愣在原地。

「嘩……雖然之前聽過她很厲害，但這真的強到離譜耶！」

火川不甘心到極點，反而感到佩服。

我也有同感。老實說……這完全超出了我的想像。

河瀨川露出有些難看的臉色。

「不好的預感命中了呢。」

我默默點頭。

九路田孝美，以及志野亞貴。

鑽牛角尖，追求極致的才子聯手，竟然能產生這麼強大的力量。

我透過最震撼的方式得知了這一點。

◇

然後，我們迎接九月一日的早晨。

下學期的課程開始，影傳系在這一天有全體同學的專題討論課。

當然，全系在討論的話題都是九路田團隊的作品。

像是聘請到神祕業內人士，從意想不到的地方爭取到預算。即使與專業的音響人員吵了一架……最後依然獲得認同，創作出最棒的成品……之類。

不知道這些八卦的虛實，但任何人只要看過那部作品，都覺得有可能。完全就是「作品代表一切」。

即使上課時間到，教室內依然議論紛紛。這時候門開啟，加納老師走進教室。

「好了好了，我知道你們在討論那部作品，但是要開始上課了。」

同學們頓時哄堂大笑。老師似乎也知道作品掀起了討論風潮。

課堂上發表了目前為止的前三名。北山團隊△的作品勉強擠進了第二名，但是遙遙領先的第一名，

「我想大家都知道，目前九路田團隊暫居首位，恭喜。」

領先幅度之大，連老師都露出佩服的表情。

下了課，從椅子上起身的時候，坐在前方的九路田偶然轉過頭來。

我和他一瞬間四目相接，

「…………」

九路田咧嘴一笑，然後隨即離去。

他不會隨隨便便挑釁。不，其實他挑釁反而是好事。

「作品就代表一切，是嗎。很強大嘛。」

到底該如何戰勝這麼可怕的對手呢。即使我有戰術，可是不嘗試就無從得知戰術能不能發揮作用。

「橋場。」

不知何時，加納老師已經來到我身旁。

「可以來一下嗎。」

她通知我前往研究室一趟。

◇

「鹿苑寺那件事情如何了？」

一進入房間，老師便開門見山地詢問。

「目前還不明白。能說的我都說了，當然有遵守與老師的約定。」

雖然讓貫之察覺端倪，可能有一點違反規定。

「是嗎。總之，船到橋頭自然直吧。」

老師說的對，事到如今，只能交給老天與貫之自己了。

「你們似乎與九路田的團隊在比拚影片呢。」

「……是的。」

不知道老師是聽誰說的。不過老師的消息超級靈通，有自己的情報來源也可以理解。

「算了，無妨。只要別引發無謂的紛爭，倒是有趣的餘興節目呢。」

「不好意思，我們私底下相互較勁。」

「沒有關係。不過第一場對決呈現壓倒性差距呢。接下來你打算怎麼做？」

我告訴老師自己的構想。

老師的表情扭曲。眼神深處的光芒消失，視線瞪著我瞧。

等我說完後，老師深深嘆了一口氣。

「這種做法就像遠程武器呢。而且就像從城堡後方突然搬出投石車一樣。老實說，以製作影片的觀點而言，我不贊同。」

「我想也是。不過我只找到這種獲勝的方法。」

「嗯，如果我是你的話，也會這麼做。這可能是正確答案。不過啊。」

老師的語氣有些嚴肅。

「橋場，你想做的事情是霸道，並非王道。」

「霸道……是嗎。」

「沒錯。徹底排除所有擋在自己面前，阻饒自己理想的事物，開拓新的道路。這就是你現在的所作所為。」

老師端著空咖啡杯，走向放著水壺的櫥櫃。

「我不討厭像你這樣不得了的人物。但是你那強烈的自我主義，會強行拖著許多人圍著你轉。」

傳來咕嘟咕嘟的聲音，熱水注入茶杯。

即溶咖啡的香氣瀰漫在整間房間。

「九路田的確是自我強烈的製作人。可是不論從好的，或是從壞的方面來看，他都將團隊成員當成棋子看待。他信賴的是技術，而不是人性。」

老師手中拿起方糖，朝我的方向高舉。

「聽得懂嗎？你的做法甚至干涉了他人的人生。一旦看上對方，就完全不管對方的情況，筆直往前衝。接二連三拉攏相關的人，並且拱上舞臺。你的做法只要走錯任何一步，就會推所有人墜入深淵。」

方糖發出水聲，消失在咖啡中。一瞬間便溶化，消失無蹤。之後只剩下深黑色的液體，模樣始終不變。

「──你有可能失去所有朋友喔。」

這句話很嚴肅。

老師肯定在說貫之，以及其他人吧。事到如今，我一點也不覺得自己在做什麼好事。但如果膚淺到自比黑暗英雄的話，將來絕對會面臨很大的坑。

害怕這一點的老師，可能在警告我也說不定。

即使很感謝老師，

「我不會不懂裝懂，說自己心知肚明。其實我……不明白。」

我依然搖搖頭，反駁老師的話。

「可是，既然要做……就該以行動負責，而不是出一張嘴。為了願意跟隨我的大家，我的生命其實不重要。」

畢竟我的人生曾經毫無夢想與希望。依靠奇蹟的力量獲得重來的機會。

所以我想一間扛起之前無法挑下的大梁，負起責任。我想在自己身上增加負重，以十倍的重量感受自己活著。

我絕對不要再過死人般的人生。

而且我還希望讓自己身邊的眾人成為最棒的創作者。

「年紀輕輕的學生，別隨便將生死掛在嘴上。聽起來太狂妄了。」

老師的口氣帶有則報之意。的確，剛才這番話太狂了。

「……不好意思。」

我坦率地道歉後，老師笑了一聲，

「即使比喻也別說什麼生死。等我老了以後，真想與你聊聊往事。」

語氣終於變得柔和許多。

「謝謝老師。」

等我上了年紀，也想和老師好好聊一聊。

◆八月三十一日◆

「你有什麼話要說嗎。」

老爸的語氣還是一樣冷淡。

「我之前已經告訴過你，今天有銀行的客戶蒞臨。結果你說自己不舒服躲在房間裡。難道與接下來要說的事情有關嗎？」

我平靜地吸了一口氣，點點頭。

「是，沒錯。」

隔了一段時間。老爸默默盯著我，不久後輕輕嘆了一口氣，

「拜託別像上次一樣浪費時間。」

說完老爸打開紙門，先行進入房間。

我也跟著進入，然後關好紙門。

每次進入會客廳，我都很緊張。由於老爸偏好單純，房間是鋪了榻榻米的和室，搭配樸素的壁龕與桌子。由於不知道該看哪裡，總覺得神經特別疲勞。

但我如果會輸給這間房間，那麼根本不可能說服老爸。

我一如往常跪坐，面對連每一根頭髮都梳得很整齊的老爸。

如果別過視線，老爸可能會說我太天真。所以我筆直盯著他。

「老爸，我就直接說了。」

下定決心後，我開了口。

「之前我說要放棄藝大，回到川越生活，現在我想收回這句話。」

老爸手扠胸前，始終不發一語。

然後我接著說下去。

「其實我思考了很多，但我還是想創作。我想過自己是否能放棄，忘記創作，可是過了一段時間始終找不到替代的事物。想到今後要過一無所有的生活，在我差點絕望的時候，恭也與奈奈子來了。他們讓我覺得，我果然只剩下創作這條路。」

說到這裡，我保持跪坐姿勢略為後退。然後雙手置於腿上，

「我想回藝大就讀。至於學籍……目前還保留著。這一點不會給你添麻煩，拜託你。」

深深低頭鞠躬。

老爸一句話也沒說。沉默了一段時間後，才緩緩開口，

「貫之，你還記得回來的時候，發生了什麼嗎？」

聲音平靜，但卻伴隨緊張感。

「你說你一直在創作，結果深受打擊。你覺得短短一年的生活就受挫跑回來的人，有繼續努力下去的能耐嗎？我不認為。」

我感覺到自己的表情愈來愈緊繃。

「你說要放棄時，我問你是否肯定，你的回答是肯定。結果事到如今，你又想改口說，當初的決定是錯的。為什麼我要聽信這種搖擺不定的人說的話呢。而且你之前說已經離開藝大，現在又說當初辦的是休學，所以沒問題……這種半調子的留戀也不值一提。」

老爸的聲音十分堅定。

「我無法接受你收回之前說過的話。」

我使勁緊咬嘴角，

「我承認自己是半途而廢，不成熟的人。可是我做好心理準備，接下來要克服自己的弱點，專注在創作之上。」

「既然承認自己不成熟，就應該緊緊跟隨勸你走上正軌的人才對。為什麼又想走上錯誤的道路呢。」

「我不認為……這是錯誤的道路。」

「為什麼？我一點都不認為這條路哪裡正確。」

彼此的對話毫無交集。老爸有條不紊地一一否定我說的話。由於遣詞和語氣都十分禮貌，更讓我有種一旦發飆就輸了的壓力。這是老爸常用的攻勢。

再繼續談下去也沒有進展。

於是我從之前從未提過的本質部分著手。

「老爸……為什麼你這麼討厭創作。能不能具體告訴我，究竟有什麼原因？」

如果老爸只是胡亂反對，或許能找到某些突破口。如此心想的我提出疑問，

「好吧，那就好好告訴你，為什麼我會反對。」

出乎意料，老爸正面回答我的疑問。

「你立志走的作家這一行，無法光靠累積知識就獲得成功。不論你怎麼磨練技巧，依然有很大一部分受到運氣或機緣等偶然因素影響。對不對？」

「……沒錯，的確是這樣。」

「你是我視為繼承人的兒子，我怎麼可能心甘情願送你進入這種極不穩定的行業呢。這裡就有絕對的地位可以透過努力與積累獲得，我難以理解你為何不願意選擇。」

出乎意料，父親很明白創作現場的痛苦與煩惱。

的確，這一行的運氣與機緣成分很高。即使技巧或知識超越他人，也不太表作品就會暢銷。依照作品問世的時間點不同，市場的接受度也不一樣。

可是，

「正因如此，我才要選擇創作這條路。就是因為有許多歷史與積累以外未知的要素，我才會嚮往。」

我試圖訴諸情感。

沒錯，這就是我想離開這座城鎮，以作家為目標的原因。

「我覺得老爸與兄長的工作很了不起……可是在我眼中卻缺乏魅力。我一直想進入能靠自己的力量往上爬的世界。對我而言，這是無可取代的事物。」

但是老爸的表情始終沒變，

「問題在於，你曾經放棄這條無可取代的道路。」

「就說了，那是……」

「不管你想找多少藉口，或是追加自己的想法，也不會改變你曾經受挫放棄的事實。不僅沒有顯眼的成果，還想走在狹窄又不穩定的路上，你的覺悟根本就不足。」

我忍不住轉過頭去。

老爸並沒有放過我的動作。

「曾經逃離這個家，還逃離過創作這條路的你，根本不可能走在嚴苛的道路上。放棄吧。」

「唔……！」

我忍不住站起來，握緊拳頭瞪著老爸。

可是老爸的態度始終文風不動。

「知道自己無話可說，想訴諸暴力嗎？」

「……………沒有。」

我收斂自己充滿攻擊性的視線。

「我去冷靜一下再回來。馬上……就回來。」

老爸一句話也沒說。似乎在冷靜觀察我的行動。

頭也不回的我離開會客廳，回到自己房間。夏季的蟲鳴聲從庭院響起。

我快步穿越走廊。在寂靜的家中，只聽得見自己的呼吸聲與腳步聲。每走一步，就覺得放棄的念頭愈來愈強烈。

「哈哈，真是爛透了。還以為自己多少鼓起了一點幹勁，結果卻這麼難看。」

回到房間後，我躺在床上。

由於恭也他們的到來，讓我覺得自己也有機會。我還以為自己有力量改變現狀。

結果卻是一場錯覺，我根本沒有力量。之前的一切努力完全遭到否定，甚至無法反駁。

一切都是受挫的我不好。當初不肯接受可靠的朋友幫助，仰賴毫無作用的自尊心。撂下狠話便逃回老家。都是我自己的錯——

「所以才說，從一開始就不可能啊……」

這時我偶然想起，今天是幾月幾日，以及企劃書上寫了什麼。

驚覺的我一看時鐘。

房間的掛鐘從以前就始終如一地報時。

不論長針或短針，都同時朝天往上指。

第五章　她與他的詩情

◇九月五日◇

下學期開始，所以美術研究會也恢復一如往常的活動。

其實不論是休假或上課日，社辦總是有人在，這是大學社團的常態。所以其實與暑假沒有什麼居別，相當悠哉。

今天奈奈子在錄音，志野亞貴忙著作畫而缺席。奈奈子只是剛好撞期，志野亞貴最近似乎依然過著關在房間的日子。

（志野亞貴……似乎一直很忙碌呢。）

目前好像還不至於犧牲睡眠。但由於見不到實際情況，無論如何都讓人擔心。

「嗯～接下來召開美術研究會的定期會議。今天討論的議題是學園祭要舉辦的Cosplay 咖啡廳。」

桐生學長宣布後，便開始召開會議。

不過單純以這句話來看，辦這種活動只會讓人覺得社員是不是有什麼毛病。說好的美術展呢？

姑且不論來龍去脈，繼去年的女僕咖啡廳，我們決定再度推出可能有爭議的活動。話說河瀨川居然會率先推動企劃，實在讓人難以釋懷。

「欸，齋川，河瀨川最近發生了什麼事嗎？」

「怎麼說呢，學長……？」

「我的意思是，她對美研的事情還真是用心啊。」

聽得齋川茫然張著嘴。

「咦，可是……不是橋場學長拜託她的嗎？」

「是沒錯，可是她這麼專注，讓人覺得很神奇。」

結果齋川半瞇著眼瞪我。

「……就是這樣啊。」

「咦，怎樣？」

「學長請自己想。我不知道。」

結果齋川不肯告訴我。難道我多嘴說了什麼嗎……

總之，既然河瀨川在推動，事情就進展得很順利。

「那麼～關於最後選好要扮的角色，我現在發資料給大家。」

桐生學長將印了資料的紙張發給眾人。他在這方面倒是特別勤懇，或者說對於自己喜歡的領域或照片，他真的很認真呢。

「沒什麼問題吧？那就散會……」

話才剛說到這裡，河瀨川就迅速舉手。

「……噢，呃，河瀨川，學妹……」

不知為何，桐生學長顯得很怕河瀨川。

河瀨川站起身來，這時開口的她，已經進入爆氣階段。

「我想先問個問題，可以嗎？」

「好、好的，請問。」

桐生學長已經開始洩氣。

「關於這張清單，與上次開會時決定的角色似乎不一樣……難道我整理的資料被竄改了嗎？」

……啊，我大概知道原因了。

「沒、沒有啊，我直接輸入之前收到的資料……沒錯吧？」

聽到學長莫名缺乏自信的聲音，

「為什麼要這麼小聲啊。」

「話說這份資料，怎麼只有這張清單的字特別小呢。」

杉本學長、柿原學長似乎也發覺不對勁。

「啊！」

齋川突然從座位上站起來，發出『喀噠』一聲。

「這張清單掉包成桐生學長一開始送來的那一張了！」

「哪有啊，怎麼可能呢！」

「不，我看得很清楚！第一項是退魔忍，接下來是賽車皇后，那部動畫的必殺技是女孩們穿著內褲在空中飛翔。毫無疑問，這肯定是桐生學長選的!!」

所有人的急切視線全都集中在桐生學長身上。

「誤、誤會啦！各位，這是誤……」

河瀨川與樋山學姊兩人從左右包夾桐生學長。

「咦……呃……妳們怎麼了？」

前門拒虎後門進狼，左青龍右白虎，南朱雀北玄武。兩人符合所有形容兩者並立的詞彙，以平靜得出奇的語氣開口，

「為什麼要做這種偷雞摸狗的事情呢。」「都二十二歲了，難道不覺得丟臉嗎？」「有異議的話怎麼不趁表決時提出來呢。」「知道被大二女生臭罵的人生有多丟臉嗎？」「反正服裝已經開始在籌備了喔？」「事到如今我先聲明，被捲入這種鬧劇，」「不覺得根本是徒勞無功的抵抗嗎？」「根本在浪費時間。」「何況會做出這種事情的社長，人品簡直……」「嗚哇啊啊啊啊對不起啦——!!」

最後在本人的慘叫聲中，議題強制喊卡。

社長的老毛病姑且不論，接下來討論的議題是「由誰負責扮角色」。

「清單上的角色全都有服裝嗎。Cosplay 真厲害耶。」

杉本學長對奇怪的地方感到佩服。

「看起來很有趣呢，早知道我也準備幾套服裝了。」

「的確，總覺得柿原學長很適合扮女裝。」

學長原本就很俊美。我一直覺得如果沒有旋轉會嘔吐的弱點，學長應該不會屈居於這種社團。

「志野亞貴個子嬌小，扮成這位粉紅色頭髮的魔法師應該不錯吧。」

樋山學姊指著露易絲。

「不，我覺得角色和她並不合適。要扮的話還不如扮長門。」

由於是短髮角色，可以不用戴假髮，應該剛剛好。

「那麼奈奈子妹妹扮這一位吧。」

「呃~我個人的意見是，奈奈子妹妹應該扮這一位……」

「我拿紙黏土糊你喔。」

討論後決定了所有女性社員要扮的角色。

與其說過程順利，更像是正好有合適的角色。

不過有件事情我感到好奇。

（咦？河瀨川什麼角色都不扮嗎？）

齋川口中負責這項企劃的女孩，若無其事地示意結束，在文件上填寫分配好的角色後，開始收拾東西。

與其說不自然，該說不公平嗎……在我如此心想的瞬間。

「好，那麼這樣就討論完畢……咦，怎、怎麼了？」

眼看河瀨川即將從座位起身，

「呵呵呵，學姊想蒙混過關，想都別想喔。」

一臉笑咪咪，同時高舉紙袋的齋川擋在她的面前。

「……妳、妳在說什麼呢。」

「河瀨川學姊要穿這一套!!」

說著，齋川從紙袋取出像是軍服的服裝，秀在大家面前。

「哦，這是什麼啊，好帥喔！」

「咦，河瀨川妹妹要穿這一件？真的假的！」

「這套服裝相當貼身呢，真的要穿嗎？」

一如樋山學姊的擔憂，與其說身材曲線一覽無遺，感覺這套服裝帶有一點情色元素。

要讓河瀨川……穿上這一套嗎？

「拜託，我不是叫妳收好這件服裝嗎！」

「是收好了啊。然後我今天再度帶來了！」

「唔……居然用這種小孩子的藉口……」

「不過這項企劃本來就包含河瀨川學姊……還是得讓學姊參加才對。大家是不是也這麼想？」

齋川轉身一問，男生（以桐生學長為主）便跟著附和「沒錯沒錯！」

「妳……妳給我記住。」

河瀨川緊咬牙根，忿忿不平地瞪著齋川。

「哎呀，冰冷的視線與臺詞，完全與龍造寺香織指揮官一模一樣呢，學姊！」

彷彿所有招式都對齋川無效，她始終一臉陶醉的表情。

結果在齋川的策略之下，正式決定河瀨川要在學園祭上Cosplay。

（看不出來，河瀨川可能對強求缺乏抵抗力……）

於是美研在學園祭推出的活動，大致上拍板定了案。

接下來只剩下針對學園祭主要活動，搞定服裝與菜單等必要物品。

「啊，上映會開始時要關店喔。」

聽到河瀨川的話，我被拉回現實。

沒錯，學園祭最後一天除了Cosplay 咖啡廳以外，還有一項重大活動在等待。

「什麼！這樣的話顧客和我會很傷腦噗噢……」

「那當然，記得是最後一天的傍晚吧？」

迅速以一記手刀ＫＯ桐生學長的樋山學姊向河瀨川確認。

「是的，時間會另行通知。」

命運的第二部影片，預定在學園祭於特別設置的上映會場公開。理所當然，美研的大一大二生幾乎全員參加。

從各方面來說，本屆學園祭應該都會很忙碌。

「既然日期愈來愈接近，九月的會議就改為一週兩次吧。就麻煩各位需要準備的同學囉。」

在樋山學姊這句話之下，會議順利散會。大家紛紛去上下一堂課，或是動身回去。

（好，接下來只剩下仔細考慮第二部作品了。）

兩個月的時間，只能集中在這件事上。

我向她開口。

「河瀨川，之後可以來一下嗎？」

「要討論第二部作品？好啊。」

話說我一直心想，她怎麼直覺這麼敏銳啊……

她實在太犀利了，我不時感到有點害怕。不過更覺得她非常可靠。

◇

兩部影片播放數據是三倍，我的清單數據則是兩倍。唯一能相提並論的只有留言數。這是我們團隊和九路田團隊的差別。

「考慮到公開至今的天數，第二部影片一旦公開，勢必會有更大的差距。」

在鐵鍬咖啡廳召開的對策會議上，河瀨川說完後，做出兩手一攤的姿勢。

根據這次的規則，兩個月後要公開第二部影片。換句話說，最後的分數將會在年尾決定。

即使時間上很充裕，不過在公開首日或第二天，結果就會大致揭曉。

想要拚絕地大逆轉，我們必須大幅領先他們才行。

可是在現階段，這個門檻相當嚴苛。

「相較於系上評價，NicoNico 那邊似乎還有救。」

九路田團隊這次是完全原創作品。相較之下，由於我們以初茵為題材，好處是比較容易增加新觀眾。

可是以全動作動畫震撼觀眾的作品，當然會掀起話題。他們的作品輕易克服了原創領域的弱點，博得的人氣在綜合評分方面堪稱坐二望一。

不過純論素材，我們倒是獲得了高度評價。似乎有人單獨抽出奈奈子的歌曲部分複製，齋川也似乎接到商業公司來電詢問。

「奈奈子的曲子和齋川的圖都有很高的評價，看來素材部分無可挑剔呢。」

河瀨川點頭同意。

「接下來就只剩下如何活用了。」

沒錯，接下來生殺大權都掌握在我手中。擬定的作戰計畫究竟會不會成功，審判的時刻已經迫在眉睫。

距離上傳影片的期限還有兩個月。即使時間比第一部作品充裕，但如果不趁早行動，我們就沒有勝算。

「橋場。」

河瀨川平靜的聲音在店內響起。

「為何製作要喊卡？不是已經準備好了嗎？」

她說的沒錯。訂製素材早已準備就緒。

「再等一下。再等我一段時間。我不會讓工作進度停下來的。」

「你究竟在等什麼？不論音樂或插圖，目前正處於熱度的高點，早點開始不是比較好嗎？」

可能透過第一部作品掌握了製作訣竅，不論奈奈子和齋川都已經蓄勢待發。讓她們停下來的不是別人，就是我。

「真的很抱歉。不過再等一下就好，拜託了。」

她錯愕地嘆了一口氣。

「反正事到如今，我們也只能拜託你了。其實你只要放手一搏就好……」

前幾天老師說的話，讓我感慨良多。

我擺布他人，改變他人的人生。

如果我沒有真正對這一點產生自覺，下次真的會犯下無可挽回的過錯。

明明在川越上演過一齣轟烈烈的大戲。

「我已經決定了。到時候會確定第二部作品的所有內容，給大家看。」

河瀨川沒有回應。取代回答，

「可別弄壞身體啊。如果你累倒了，大家可都會完蛋呢。」

「嗯。」

「不可以等累壞身體才說你累壞了，我不允許你這樣。快撐不住之前就要開口，這樣我還能提早支援你。」

「……謝謝。」

我一口氣喝光涼掉的咖啡，仰望窗外的天空。

很不巧，烏雲籠罩了整片天空。我猜想可能要下雨了。

走出咖啡廳與河瀨川道別後，我急著直接回家。雖然目前在等待開始製作，依然有許多事要做。

眼看厚重的烏雲籠罩了整片天空，光看就知道天氣極不穩定。之前一直做的惡夢正好就是這種感覺。

溫暖的風吹來。在我心想即將要下雨的瞬間，豆大的雨珠隨即傾注而下。

我急忙快跑。腳下已經出現水窪。我一腳踩進水窪，發出響亮聲音的同時奔跑。

雨勢比我想像更大。原本以為不會淋得太濕，結果抵達共享住宅後，我已成了落湯雞。

一開門，先到家的奈奈子便迎接我回來。

「歡迎回來。突然下雨了呢。」

「嗯。抱歉，可以幫我拿毛巾嗎？」

奈奈子示意明白後，從洗臉臺拿了毛巾交給我。我向她道謝，跟著擦臉與擦頭。

「剛才英子打電話聯絡我。」

可能是提到下一部作品的製作吧。

「……抱歉，我還需要一點時間。」

我道歉後，奈奈子點點頭「嗯」了一聲。

「其實我也想暫停一下。不論怎麼說，還是想等待她呢。」

『呼～』一聲嘆了口氣，露出遙望遠方的眼神。

「他能鼓起勇氣開口嗎。」

「誰曉得。雖然我完全沒辦法說什麼。」

我一直相信，熱情在他的心中尚未完全熄滅。

「照理說，貫之不會認為一切就此結束。」

否則他根本不可能接過我給他的企劃書。

既然他拿回去看，肯定會找到某些答案。

「……嗯，也對。」

奈奈子同樣點點頭。

「我也在等待他。」

◇

深夜，即將換日的時刻，我獨自在客廳打著筆電的鍵盤。滴滴答答落在屋頂上的雨聲響徹整間房間。志野亞貴與奈奈子都在自己的房間專心工作。

我收起衣服晾在市內，抱著筆電來到一樓。

之前我都在自己房間思考分鏡，或是整理企劃。不過隨著製作進度，需要檢查的地方愈來愈多，於是我經常在客廳工作。

「今天大家似乎都在工作……」

客廳安靜得出奇。平時照理說至少會有一個人，今天真難得沒人啊。

我坐在被爐前，打開筆電。攤開擺放在一旁的資料，是我之前想到的第二部作品故事線。

第一部作品是忘記唱歌的少女遇見初茵為止的故事。

第二部的內容則是少女想起唱歌後，與初茵合唱。

我已經想到了這些。接下來就是合併在一起，決定歌詞與畫面的內容。可是每一部分都陳腔濫調，缺乏亮點。

「這時候就被迫面對實力的差距呢……」

見到每一個缺乏決定性亮點的眾多點子，我嘆了一口氣。

雨聲逐漸增強。其他聲音都掩蓋在『嘩啦──』的噪音中，我甚至有種錯覺，彷彿只有這間房子的客廳被送傳到不同空間。

可能由於經歷過好幾次極端的時間穿梭。以前對這種瞬間明明毫無感覺，現在卻會產生不可思議的幻想。比方說其實這是時間旅行的入口，只是以前沒發現而已。

「那一天……也下著雨呢。」

我當然不可能忘記。爬上共享住宅後方的山坡，略有高度的丘陵上。我在那裡失去了無可取代的朋友。

其實我已經有心理準備。即使與他重逢，親口說出希望他再回來，彼此的關係也回不去。

「——你有可能失去所有朋友喔。」

老師這句話依然扎在我的腦海中，無法拔除。

走在霸道上就是這麼回事吧。意氣風發地高舉理想大旗，不惜犧牲身邊的人，踩在他們的屍體上前進。

「啊……」

我偶然環顧四周，對寬廣的空間感到茫然。

「對了，大家都不在了啊……」

我想起一年級，一開始的時候。

起先大家都聚集在這間客廳，天南地北聊著創作相關話題，同時持續推動企劃。

『就說了，這樣會浪費伏筆啦。在這兩個場景之間加點東西不是比較好？』

當時大家一起討論劇本課上出的作業。

貫之負責指導大家，準確地指出大家缺乏的部分。

『志野亞貴是這邊。只要在對話中插入後半的元素，就會變得有趣。』

『真的耶，貫之同學好厲害～』

『奈奈子的問題在這邊，臺詞對場景完全沒有任何意義。』

『什麼叫沒有意義啊！』

『別生氣啦。因為妳看，加在這後面不是比較有趣？』

『咦？啊……真的耶，前後連貫了呢。』

『看吧。不論場景或臺詞，對故事全都是有意義的。所以要準確放在該放的位置！』

我現在依然會想起當時貫之說的話。

他說故事包含所有必需的部分。不論順序，或是個數，少了任何一項都會崩。

我沒有忘記當時的事情。

向告訴我這些知識的最棒隊友，表達敬意。

以及為我們今後大幅改頭換面，表示覺悟。

「故事」的路線圖，中間部份至今依舊保持一片空白。

為了留給應該加入團隊的最棒創作家。

「還沒嗎……」

這幾天我經常一直盯著手機。

不知道什麼時候會接到來電。我準備一旦接到就立刻回撥。

對象不用說，當然是他。

「不知道貫之能不能發現。」

之前交給貫之的企劃書，有一部分很明顯是刻意的。安排許多謎題的同時，最後一頁記載著這次影片的上傳日期。

他當然會察覺我的意圖，而且在上傳當天，肯定會立刻看影片。

可是，之後他卻沒有任何動靜。我原本以為他可能會詢問內容，結果卻完全沒有。

「沒關係，若是他的話……」

若是貫之的話，

「若是他的話，肯定已經在思考。」

察覺到我的所有意圖後，思考該如何向我傳達如滾滾沸騰岩漿般的熱情。

所以我一直在等待。絕對不主動找他。

這回合是屬於他的。

如果他沒有下定決心採取行動，就毫無意義。

◆九月一日◆

深夜，日期變換的時刻。
我一直盯著筆電上的螢幕。
面前的螢幕開著 NicoNico 動畫的視窗，上頭顯示著一部影片。
上傳者的欄位顯示北山團隊△。
毫無疑問，是他們製作的影片。
「那就看看吧。」
握著滑鼠的手，停在只差一次點擊就能開啟影片的位置。
之後我反覆看了好幾次恭也留下來的企劃書。每看一次就丟開一次。企劃書的內容碎片化，不論我怎麼反覆想像，都不知道究竟要傳達什麼。
然後是今天。寫在企劃書上，可說是唯一具體的要素。
九月一日。
就是今天，記載著上傳日期的日子。
「看過之後……究竟會明白什麼呢。」
其實沒有任何保證。畢竟上頭只寫著日期。不過這是唯一剩下的要素。

我很猶豫。可是，依然將希望放在面前的畫面上。
我吸了一口氣，然後屏住呼吸。
不論這裡有什麼，我都會接受。
下定決心後，我點下播放鍵。

瓦礫。
黑暗。
冰冷的空氣。
廣闊的世界中，僅剩下這些事物。
在黑白色的世界中，散落著大小各異的水泥碎片。
有一名少女。
她一臉興致索然，走在瓦礫堆中。
手中有一本筆記本。少女不時打開，在上面寫些什麼。
但是她並不打算再看一遍。
一邊嘆氣，少女再度走著，再度寫下內容。
少女厭倦生活在灰色的世界中。
不論飲食，全都由自動化機器生產。

還有許多過去的文明創造出的娛樂。
疾病會自動痊癒。
只要想活下去，要活多久都行。
可是少女已經選擇了死亡。
雖然這裡什麼都有，但我卻什麼都不能做。
過於悲傷的絕望籠罩著少女。
崩壞，自我，存在，意義，救贖。
看不見的文字逐漸重疊在意義始終抽象的歌詞上。

我感覺自己的體溫急速升高。
忍不住打開企劃書。
「原來如此……是這麼回事啊。」
一如我的想法。
原本以為是碎片化的要素，其實是用來填補影片空隙的。
我仔細地一頁頁翻閱企劃書。許多之前根本不明究裡的詞彙，在看過影片後全部連結在一起。色彩鮮艷的碎片組成一幅畫，在我的腦海中呈現。

不久後，少女遇見電子歌姬。

她曾經賦予歌聲給無法唱歌的人。

在少女身處的未來，已經變成低階科技的歌姬，

教少女如何唱歌，原本失去聲音的少女，逐漸找回了自己的歌聲。

然後，少女站起身來。

唱出剛才一直寫下的內容。

還有心中緊緊維繫的想法。

順著歌姬清脆的歌聲，以及自己的聲音。

少女的決心化為一條線，

「好，你要怎麼呈現給我看呢。」

伏筆已經布下了。接下來就等著一氣呵成回收。

眼看即將要揭曉的時候……

『如果不唱歌，我將不復存在』。

畫面顯示其中一段歌詞便結束。

影片彷彿被喊卡一般中斷。

「這是……什麼啊。」

結束方式十分半吊子又唐突。

剛才還開心地組合碎片的我，現在心情彷彿梯子被抽走後，留在原地一樣。

我凝視靜止的畫面。不論等待多久都沒有後續。

「怎麼回事啊……」

簡直在形容現在的我。

在一片寂靜中浮現的工作人員名單，並未顯示後續內容。

「哈哈……他在搞什麼啊。」

我發覺自己握滑鼠的手在抖。

這時候我才發現，

這個故事的主角究竟是誰。

「還真是噁心……當這是情書喔。」

然後我終於明白。

這部影片是為了誰創作，以及希望對方做什麼。

「意思是要我寫嗎。」

要看後續內容的方法，只有一個。

「……那我就寫給你看。」

我看向企劃書。

重新讀每一頁。

每翻過一頁，我的心臟就怦怦跳。

看到最後一頁，我才闔起企劃書，閉上眼睛。

然後深深吸了一口氣。

有生以來，我第一次體驗到血液全部流入腦子的感覺。

形象以猛烈的氣勢，化為萬馬奔騰的濁流。文字，圖畫，少女的表情，臺詞，之前出現過的，以及之後即將出現的。伴隨從她們迸發的情感灌進來，讓大腦疲於處理。

可是，這些都還不存在於世界上，只在我的腦海中。

「寫就寫，誰怕誰啊！」

我開始打鍵盤。因為我不想忘記，死都不想。我想記錄每一片嵌合的拼圖，然後仔細地組裝，和他們一起完成這部作品。

「我要創作後續。由我來撰寫。」

有東西從眼睛源源不絕湧出來。而我絲毫不打算伸手擦拭，一直盯著畫面瞧。我專心打著鍵盤，刻畫故事後續世界的相關點子。

然後我才發現到。

我已經不能繼續留在這裡。

「……好。」

為了與老爸分出勝負，我站起來，深呼吸一口氣。

我一定要想辦法搞定。我說出他之前講過的大話，在心中嘲笑自己的狼狽模樣。

在關上房門前，我再次緊盯著畫面。

團隊人員名單飄浮在漆黑畫面中。

中央有一小顆閃耀的星星記號。

很明顯，這個記號暗示的是「未來」。

◆

回到會客廳，我拉開紙門。

「貫之——」

老爸露出有些驚訝的神色。

「……老爸，這就是我的答案。」

我捧著一個大紙箱進入房間。

「原來如此，真是簡單易懂。」

老爸點點頭。

「既然嘴上爭不過，所以要再度逃跑。一如我所料。」

光看到這樣，的確會有這種想法。

我在內心苦笑的同時，搖搖頭表示否定。

「不是。而是我希望……你能看看這些。」

我打開紙箱，將內容物攤開在桌上。

「這是……」

攤開的是一疊又一疊的紙張。

有稿紙，影印紙，筆記用紙，或是拿學校發的講義翻過來用，種類五花八門。

「這是我至今一直在寫的作品。從手寫到印出來的都有，多到連我都忘了有幾張。」

我仔細說明每一部作品。

「一開始想寫的小說是這一部。雖然中途寫不下去，但是事後又有靈感了，所以前後耗費三年才完成。這一部曾經應徵過小說的獎項。這一部也花了很長的時間。」

連點子的筆記、短文之類我都記得一清二楚。甚至包括當時我究竟在想什麼，以及寫下這些內容的前因後果。

不久，說明完最後一部後，我輕輕闔起箱子。

「就這樣。」

老爸一直默默聽我的說明。

「……所以你讓我看這些，有什麼話想說嗎？」

我點點頭，

「在這裡的所有小說，故事──我沒有一部半途而廢。不論有多小，多麼微不足道的作品，我都一定會完成。」

「全部……是嗎？」

老爸的聲音聽起來略微驚訝。

「沒錯。只要開始創作，我就一定有始有終。這樣我才實際感覺到，自己真的在創作。」

我仰望天花板，嘴裡喃喃說出。

「從高中開始，我沒有一部作品半途而廢。即使毫無靈感也照寫，要是有了靈感，我會多寫很多倍。不論小說，短文，或是詩篇，唯有寫下這些，我才覺得自己活得像個人。」

然後我平靜地在老爸面前跪坐。

而且我做好了堅定的意志，絕對不會逃跑。

「我的確曾經想放棄創作，我以為這樣比較輕鬆。但這只是一瞬間的迷惘罷了。如果我失去自己創作的事物，那我就會一無所有，只剩下空蕩蕩的容器。」

說完，我的視線望向遠方。

「我終於明白了這一點。多虧那個愛管閒事的傢伙，以巧妙得可怕的手法狠狠扇了我幾巴掌。」

我再度與老爸面對面。

「我很感謝老爸養育我到這麼大。在優渥的環境中，我可以自由生活。可是我現在卻即將選擇可能被迫不自由的生活。」

其實我明白，老爸的話是在擔心我的未來。

「我知道自己不孝，可是……」

我屏住氣息。

「老爸，這就是我。如果我放棄，我就會死。」

如今我才終於明白，自己究竟是什麼樣的人。

我雙手置於榻榻米，

「請讓我去念藝大吧。」

當著老爸的面，在榻榻米上磕頭。

「貫之……」

老爸喊了我的名字，然後啞口無言。

我彷彿聽到——有生以來老爸第一次慌張。

現場再度寂靜無聲。除了聽起來十分遙遠的鹿威聲（註6），以及彼此細微的呼吸聲以外，一切都在沉默之中。

◇九月六日◇

「嗯……」

天亮了。看來我似乎不知何時睡著了。

好不容易起身，我環顧四周。既然之前的強烈雨聲已經停止，代表外頭放晴了。

坐起身體後，我伸了個懶腰。還年輕的身體雖然不至於發出劈劈啪啪的聲響，卻傳來有些不靈活的嘰嘎聲。

我看向畫面。然後馬上捧著頭傷腦筋。

「還是沒辦法銜接……」

第二部影片，開頭的部分怎麼想都想不出好點子。

要是添加特效字幕會變得冗長，問題是不加就會莫名其妙。

我需要剛好平衡，而且還有足夠衝擊力的開頭。

6　日式庭園常見，增添風雅的竹筒道具。

明明知道需要什麼要素，但就是想不到材料。

實在讓人很不耐煩。我現在才知道，光靠自己真的什麼也辦不到。

「就說了啊。」

從後方突然傳來聲音。

在我肩膀的位置。

「這樣會浪費伏筆。在這兩個場景之間加點東西比較好吧。」

我略微笑了笑。

「到底該加什麼才好呢。」

對方哼笑了一聲。

「就臺詞啊。你可別添加特效字幕喔？光靠聲音就足夠了。靠臺詞讓觀眾聯想，引導觀眾進入劇情。這樣很有趣吧？」

我點頭同意。

「下一個場景也是……這樣缺乏力道。只要加入前一部影片的臺詞，頓時就有趣多了。」

「真的耶。」

「接下來……喂，這是什麼啊。場景完全沒有意義吧。」

「沒禮貌，什麼叫沒有意義啊。」

「別生氣嘛。你看，加在這後面不就有趣多了？」

「咦？啊……真的銜接起來了呢。」

「你看吧。不論場景或臺詞，對故事都有意義。利用這種方法，主角的過去就會更加生動，所以要確實……」

我轉過頭去。

還以為多了根柱子。原來是他背對早晨的陽光，看不清楚容貌。

「……放在該放的位置。」

陰影中大概有一張害羞的笑容吧，我心想。

「恭也，你這樣很沒意思喔。」

「……對啊，因為少了寫故事的人嘛。」

「是嗎，抱歉。看來我似乎太久不在了。」

柱子笑了笑。和以前一樣沒變，和某人相同。

「我看過你給我的資料了，看到都會背了。上傳的影片我也看過，應該播放了超過五百次。」

「曲子很棒吧？」

「是啊，好得一點都聽不出是那位不良少女做的曲子呢。」

我們兩人同時笑出來。

「歌詞很帶勁喔。」

他的聲音十分平靜。還傳來擤鼻子的嘶嘶聲。

一瞬間，我們彼此都默默無言，然後我開口。

「話說，我有個請求。」

我站起身，站在柱子的正對面。

「希望你將這個無聊的故事寫得超有趣。」

收集紙張後，我遞給柱子。

柱子跟著伸出手的輪廓，接過我手上這堆紙。

「……很難啊。不過只有一個人辦得到。」

然後柱子咧嘴露出笑容。

「嗯，我知道。」

我們都感到難為情，相識而笑。

外頭的太陽光可能被雲遮住，略為減弱。

因此讓面前的柱子浮現害羞的表情。

「抱歉我晚回來了，恭也。」

「不會，歡迎回來，貫之。」

見到懷念的容貌，油然而生的激動情緒即將奪眶而出。

但是我忍住了。現在還不是時候。因為他只是好不容易回到我們身邊，接下來還得正式開始才行。

「事情……搞定了嗎？」

貫之用力點了點頭。

「我還成功向老爸……我父親拗到了學費。」

好厲害……連這些都談好了啊。

「不過挨了父親一頓罵，叫我不准再回來！」

活力十足地說完後，貫之咧嘴一笑。

「如此一來，我就是貨真價實的一個人啦。」

我正想說謝謝，但是話到嘴邊又吞了回去。

肯定要很久，很久很久之後，才能說這句話。

我們所有人，在將來，要一起挑戰更大的作品。

這句話要和眼淚一起，仔細珍惜到那一刻才行。

「對了，恭也，我要否定你之前說過的一句話。」

「哪句話……？」

貫之以拳頭輕輕在我的胸膛上一碰。

「你之前說過啊，不是以夥伴或朋友的名義。不過很可惜，你說錯了。」

然後他有些難為情地轉過頭去，

「你是我的摯友。不論你說什麼，我都這麼認為。所以今天來到此地，有一半是我的決心……另一半則是為了你這位摯友。」

再度面對我的貫之……表情已經暢快許多。

「我的人生就交給你了。拜託啦，摯友。」

伸到我面前的手，等著與我互握。

「……我知道，貫之。」

握起他的手，我緊緊，使勁地握住。

「我可不下什麼地獄喔。要前往我們創造的天堂。」

說著，貫之彷彿擺脫了桎梏般放聲大笑。

「好，來討論下一部作品吧。想說的事情多的不得了呢！」

貫之伸手摟住我的肩膀。

「就等你這句話。」

藉由聊天，以及創作作品，我和貫之應該能一如既往。

這是我們的重新出發。

◇

「那個笨蛋真——是的，怎麼這麼晚才回來啊！」

貫之回來後隔天，奈奈子大發脾氣。

我一直在房間內工作。因為自從他回來後，有許多事情想開始著手。

結果奈奈子突然跑來，怒火中燒地坐下。然後冷不防吼出前面那句話。

一邊啃著帶來的巧克力，奈奈子不停向我抱怨。說還不是因為貫之太拖拖拉拉，有什麼資格說別人之類。

「雖然嘴上罵他，其實奈奈子妳還是很高興嘛。」

一得知貫之回來，奈奈子便忍不住落淚，結果馬上受到貫之調侃。或許這也是她生氣的原因之一。

「當、當然很開心啊，但這是兩回事！因為在他拖拖拉拉的時間，影片都已經做好了嘛。」

「也對。」

「恭也你不是也很傷腦筋嗎？」

的確，如果他有參與第一部作品，肯定有非常大的幫助。

「……不過這樣就好了。」

「為什麼？」

「因為全部加在一起，才算是完整的故事啊。」

我一直追求的故事，不只侷限於影片中的虛擬世界，甚至包括我們置身的環境。貫之的挫折當成重大的「轉」，之後該如何走向最好的「合」。我考慮過這些要素，才利用這次可以做兩部作品的作業，讓貫之振作。

「那麼你說交給貫之，中途就跑回來，也是一開始就想好的嗎？」

「嗯，雖然遇見望行先生出乎我的意料，但我勉強也將這一點算進去了。」

考慮到貫之今後的情況，與其逃離父親的身邊，正面解決問題是最有意義的方式。

所以我也將這部分加入故事中。

「結果貫之幫我想了好多呢。如果他回來的過程很順利，肯定就不會是這樣了。」

在簡單的重逢喜悅後，貫之隨即滿臉喜悅地告訴我點子。由於之前憋了很久，貫之已經充滿創作的喜悅，熱情的威力甚至凌駕我之上。

「是嗎……」

奈奈子也點頭表示同意，然後咬了一口板狀巧克力。

「現在則是匯聚這些點子的時刻。只要整合完畢，肯定會成為很有意思的作品。」

許多筆記與文字資料，逐項整理成文本。

這些全都要在第二部作品活用，就讓人心情雀躍。

我專心地打鍵盤時，身後傳來奈奈子的苦笑聲。

「恭也你真的很厲害呢。」

聲音聽起來略為接近。

「連我不知所措的時候，你都一直在多方思考，最後確實締造出好結果。」

「沒有的事。實際上這次也曾經失敗過啊。」

「不。」

說著，她的聲音更近了。

「恭也你很厲害。是我至今遇見的所有人當中最厲害的。既刺激，又讓人猜不到。不知道你會做什麼，可是非常為大家著想。我很嚮往你的這一點呢。」

奈奈子的聲音變大了。我可以感覺到，她連同身體不斷靠近我。

「不過真的希望你也能注意到其他事情，偶爾一下就好……」

「其他事情是指？」

我反問。

之後回想起來，這時候的我完全掉以輕心。

貫之提供的點子非常有趣，我專心整理這些點子，導致與奈奈子的對話有些敷衍了事。

所以很丟臉，我完全沒發現到這裡是我房間，目前兩人獨處。而且她的聲音帶有一些急促的呼吸。

「恭也。」

她開口。

我轉過頭去。

「奈奈……嗯……」

「……」

當然，這是我第一次在這麼近的距離見到她的秀髮，容貌，以及嘴脣。

不，正確來說，只有嘴脣我看不見。

因為這代表。

「嗯……」

我忍不住扭動身子。

頭腦花了一段時間，才搞懂究竟發生了什麼事。

我的味覺怎麼會嘗到剛才奈奈子在吃的巧克力味道呢。

而且我怎麼會覺得，奈奈子的體溫可能升高了一些呢。

好柔軟，好甜，好溫暖，

這些感覺接二連三傳來，讓我的思考不受控制。

「別動，再一下下就好。」

傳來細微的聲音。

我不發一語，微微點頭。

窗外，太陽從烏雲密布的天空中露臉，陽光照進室內。

正好溫暖地籠罩我們兩人緊貼的臉龐附近。在這股溫暖與情況中，我感覺自己的意識快要蒸發。

不久，陽光再度躲回雲層中。宛如以此為信號，我們兩人輕輕分開，凝視彼此的臉龐。

奈奈子的嘴脣略為動了動。不過並未發出聲音，只有呼吸聲。

『嗯』的一聲，喉嚨輕微一響後，她才再度開口。

「……恭也，我喜歡你。」

「奈奈子……」

奈奈子笑著搖搖頭，

「你可以不用回答，沒關係。」

一瞬間露出寂寞的表情。

「我一直很想開口，可是始終找不到機會。之前旅行的期間，我很想找機會。可是想到當時開口的話，恭也你可能會傷腦筋，所以才無法下定決心。」

僅視線轉向一旁後，

「我知道，恭也你現在刻意避免思考這些事情。而且我現在還得為團隊創作音樂，也知道你非常期待這一點。」

奈奈子再度注視我。她的眼神筆直，瞳眸碩大又漂亮。

「所以，首先我會努力創作音樂。做出讓你稱讚好厲害的作品。等我好好努力過後……我會再說一次，我喜歡你。」

宛如徹底擺脫般，奈奈子咧嘴露出僵硬的笑容，

「所以到時候再回答就行了。取而代之，下次你可要認真回答我喔。」

「……嗯，我明白了。」

而我只能點頭，以最低限度的反應回答她。

終章　遙遙在前的她

其實早在在八月，鹿野寺貫之的復學手續就已經辦妥了。

助教可能早就料到會這樣，已經讓蓋好印章的文件跑完程序，讓貫之順利在下學期回到學校。

「非常感謝您。」

我向助教道謝後，

「這件事情真的不要說出去。」

助教這樣吩咐，還叮囑我以後千萬別再提及這件事。

其實我早就隱約猜到，所以簡短道謝後正準備離去，

「沒有失去朋友吧？」

此時助教問了我一句，

「……是的，多虧您的幫忙。」

助教露出比平時更開心的表情……應該是。

另外貫之還有一個迫切的問題。

就是住處。畢竟北山共享住宅已經有新的房客，沒有他的房間了。

「怎、怎麼能這樣，那我會搬出去！」

現任房客如此表示，並且準備搬離，

「沒關係啦，美乃梨已經是這裡的房客了。」

「繼續留下來沒關係喔～」

不過兩位『原住民』女孩挽留，

「我不會回共享住宅啦。」

而且貫之本人也這麼說，

「那、那麼我今後會繼續住在這裡！」

所以順利解決了美乃梨的住處問題。

「話說貫之，你有找到地方住嗎？」

我一問，

「呃，因為一些原因，我要租離大學不遠，稍微寬敞一點的房間。」

他的新住處在共享住宅的徒步範圍內。由於往來沒有問題，團隊其他人也沒意見。

搬家當天，我前來幫忙，

「一些原因是指？」

隨口向他確認。然後，

「呃，這個……」

從含糊其辭的貫之身後，

「來嘛，阿貫！趕快搬行李，然後去挑家具吧！」

出現某位未婚妻小姐揮揮手的身影。

「……就是這個原因。」

「……噢，是這個原因啊。」

話說之前在川越完全沒見到她。不過如今人在這裡，代表她已經掌握了一切情況……肯定是這樣。

既然兩家彼此有往來，代表她與望行先生有關聯，我猜她可能負責監視吧。

「話說貫之……你要和她交往嗎？」

「噢，這個……應該已經算是了吧。反正可以不用回去，小百合姊也說會為我加油。」

原來如此。那應該有機會發展良好的關係。

「畢竟之前也給小百合姊添了不少麻煩，讓她操心。」

或許貫之也想放下創作以外的牽掛。而且他也沒說過討厭對方。

「恭也先生，好久不見了。」

小百合小姐主動開口後，向我打招呼。

「您、您好……」

我生硬地回答後，小百合小姐湊近我的耳邊，

「有件事情別說出去，希望您能老實回答我。」

聽得我內心一驚。難道貫之老家托她捎來什麼口信嗎。

小百合小姐一臉嚴肅，

「請問您和阿貫有沒有基──」

「絕對沒有，是真的!!」

她幾時才不會懷疑我和貫之有一腿啊……

◇

至於人際關係，我和奈奈子後來締結了條約。

接吻之後過了幾天，奈奈子再度來到我房間，

「有、有件事情要談一談！」

話一說完，奈奈子便滿臉通紅，低下頭不發一語。

我們明明坐在超近距離，彼此卻都不開口。瀰漫的氣氛連閒話家常都很難。

「話、話說……」

在我好不容易開口的同時，

「這個……」

奈奈子不巧也跟著開口。

理所當然，我們互望對方，然後彼此謙讓「你先說」。

最後是奈奈子先說。

「就是……當時……那件事……你會保密吧？」

當時那件事肯定是指那件事，除此之外沒有其他可能性。

「嗯……當然啊……」

我真是沒用，難道就沒有更好的回答方式嗎。

這件事如果當成兩人之間的秘密，那也太沒意思了。況且如果奈奈子沒有想太多，我不就得意忘形而搞砸了嗎。但她下定決心向我告白，我得表達特別的意見才行……在腦海裡想了一大堆事情後，特別想強調的就是「當然啊」。

總之關於這件事，

「我、我也會保密！絕對不會告訴任何人……好嗎？」

「嗯，好，我知道了。」

這句話似乎讓奈奈子感到放心，她這才鬆了口氣。

不過之後，她又小聲開口，

「…………不過，如果真的，遇上了關鍵時刻，或許我會說出口喔……」

這是我對自己的自制力最有自信的一刻。

一般人在獨處的情況下聽到對方這麼說，即使立刻抱緊對方，延續前幾天的行為也不為過吧。

（奈奈子真是可愛啊……）

其實我明明早知道，可是卻在這一刻才深感體會，自己真是毫無防備又遲鈍的笨蛋。

◇

然後是北山團隊△多了「新成員」。

在北山共享住宅召開的定期會議上發表這件事後，貫之再度向眾人打招呼。

「我是鹿野寺貫之，好久不見了……」

面對奇妙的發展，我們都體會到有些尷尬的氣氛。

「貫之，這樣的表情真不適合你呢~」

奈奈子一臉笑咪咪，同時享受貫之前所未有的模樣。

「少囉嗦，在我看來，妳自詡音樂家的表情更不搭調吧。」

「拜託！中途歸隊的你應該更謙虛一點才對！」

「中途歸隊說的也太過分了吧？妳才應該更體貼一點！」

兩人的對口相聲還是一如往常。這種不經意的互動看得我有點想哭。

「有貫之在果然比較熱鬧，不錯喔！」

「這一位就是春日天空劇本的負責人吧……！」

火川看著兩人互動，開心地笑著。另一方面，齋川對首次見面的貫之露出尊敬的眼神。

這副情景該不會是做夢吧。

在我沉浸於這種幻想時，

「好了啦，聊夠了吧，大家聽橋場說話。」

極為實際的河瀨川老師迅速將我拉回現實。

大家的目光一同集中在我身上。

所有人都已經知道第一部作品的結果，也知道目前的差距相當大。大家都露出一半期待，一半不安的表情。

這也難怪。如果是我在這種情況下接受指示，肯定也有相同表情。

「大家應該都看過第一部作品的結果了，數據上拉開了很大的差距。當然大家得接受這個事實。」

其實也可以為了提升士氣而謊報數據，也不是無法隱瞞到底。但是這樣無法打贏這一次的仗。

我們要以強勢態度挑戰，同時活用規定確實得分。這是第二部作品的概念。

「我們利用初茵製作了MV。第一部作品算是序章。」

這一次，我已經決定要推出續作。

所以我決定全方位活用系列作的特性。

一開始奈奈子創作的曲子，完成度非常高，十分「完整」。

然後我砍掉後面一大段，歌詞也改得讓人一頭霧水。

這是為了安排伏筆，到了第二部再一口氣收回。然後將事先安排在第一部的回收點，再度當成伏筆設置在第二部。

「所以看了第二部的觀眾，會想再看一次第一部，然後反覆觀賞兩部作品。能讓觀眾反覆播放的影片，才是這次的概念之一。」

我已經知道，第一部作品的衝擊力輸給了九路田的團隊。所以我事先安排了海量的定時炸彈。目的是推出第二部時，能連帶提高第一部的播放數。

「原來如此。所以即使公布第二部作品後，也不會忘記第一部嗎。」

「感覺就像以時間軸連結在一起的RPG呢。」

火川與齋川明白暗藏的手法後，都點頭同意。

「不過光是這樣，還是欠缺衝擊力呢。」

此時貫之插嘴。

「影片本身沒有特別出彩的地方。也會變成只有喜歡解謎的觀眾才愛的小眾作品。」

「如果不知道有這種謎題，就很難表達作品的有趣之處呢……」

奈奈子也嘆了一口氣。

如果以平常的方式製作，或許兩人的擔憂有道理。光靠有趣的伏筆與回收，本身很難引發話題。就算點燃討論熱度，也得花不少時間。

「我明白你們的擔憂。所以我不會以伏筆與回收當作影片的主要賣點。」

眾人聽了有些議論紛紛。

「剛才這些充其量算是系統。第一部與第二部之間透過輸送帶，設法相互引導觀眾。但是如果沒有另外安排動力，難得設置的系統也會毫無作用。所以……」

我取出事先準備好的企劃書。

「我和貫之一起想出了手法。」

「這可是很辛苦的耶？恭也的點子實在很天馬行空，知道我怎麼安排進劇情中的嗎。」

「貫之包辦了所有我想破頭也做不到的事情。真的太好了。」

這句話是發自真心的。

手法安排好了，可是卻缺乏填充的材料。就算我挖空心思，能想到的材料依然有限。

所以在第一部，我徹底為了拓展第二部而創造點子。埋下了大量伏筆。心想如此事先安排後，貫之應該會想辦法幫我搞定。

然後果然，貫之「設法幫我搞定」。

成果就是這本第二部的企劃書。

如果我沒看走眼，應該可以依靠這些手法正面挑戰九路田團隊的作品。

「我打算以此為武器，創作我們團隊的第二部作品。」

我將資料發給大家。現場接連響起翻動紙張的聲音。

等眾人看完資料後，大家的表情明顯啞口無言。

「咦，這是……」

「這個，或許你說得沒錯喔。」

「和之前想的完全不一樣……感覺上當了呢。」

之前說過，我追求的是故事。這句話的意思並非我在找編故事的人。而是包括所有製作影片的相關人物動向，以及心情。為了將所有元素集中到作品內的高潮起伏，才是我追求的目標。

在眾人議論紛紛中，我說出之前醞釀許久的話。

「透過第二部作品，我要讓所有人登臺亮相。」

◇

貫之回來後的隔天。

與奈奈子臉紅心跳地溝通後，等到夜深人靜，我獨自平復心情後，打電話聯絡某人。

「非常感謝您。」

我向對方道謝後，

「您不需要向我道謝。我只是基於自己思考後做出判斷。」

的確，我太糊塗了。道謝的確聽起來怪怪的。

可是我依然想向他道謝。

「我認為，其實您可以無視貫之說的話。」

「是沒錯。」

「可是望行先生，您並沒有這麼做。這對我而言就值得感謝了。」

與貫之進一步對談後，望行先生取消斷絕父子關係的決定，也幫忙付清學費。

所有事情都圓滿落幕，可是我一直以為，望行先生並未全面接受。

「真沒想到那一天您會主動前來呢。」

「關於這一點，真的非常抱歉。」

與貫之見面後，要從川越回大阪的當天早上。

我來到望行先生擔任院長的鹿苑寺醫院。

「您是……」

「不好意思突然跑來，院長。」

望行先生當然沒有好臉色。

「有件事情想和您聊聊。能不能占用您三十分鐘就好？」

在對方強烈要求「只有三十分鐘」之下，我來到院長室。

一般人多半會想像大醫院的院長室設有豪華家具。不過一如望行先生的人品，房間內只有實務上的必須用品，呈現極簡風格。

「所以您有什麼話想說嗎？」

面對望行先生的問題，我從包包取出一張唱片。

紅色封面印著樂團全體團員的照片。沒有特別顯眼之處，就是平凡搖滾樂團的尋常唱片封面。

可是。

「您怎麼會……有這個……」

望行先生以嘶啞的聲音問我。

「是健太先生……老闆交給我的。」

「怎麼會……」望行先生驚訝得說不出話。

「是他……健太叫您這麼做的嗎？」

「不，是我察覺到某件事……才加以確認的。」

與貫之聊過後，當天晚上我瞞著奈奈子，前往那間咖啡廳。

因為有件事情我一直很在意。

「見到您們兩位的對話，我始終感到疑惑。」

一開始就覺得不對勁。

老闆的模樣有點像小混混，望行先生則是不折不扣的優等生。就算兩人年紀相同，也得有原因才能成為朋友。望行先生對任何人的語氣都十分禮貌，卻只對一個人口氣隨便，或者該說坦率。那個人就是老闆。

然後我聽說，望行先生以前的愛好是音樂。手機來電音樂居然是吉他聲，而且老闆似乎有事隱瞞。於是我想到一項假設，然後向老闆打聽：「請問您是否曾經和望行先生一起從事過某些活動？」

老闆略為猶豫了一番，最後交給我一張唱片。還託我傳話，拜託我向望行先生說聲道歉。

「……是嗎。」

望行先生深深皺著眉頭。

我拿著筆記開始說明。

「這間唱片公司當年舉辦過樂團選拔賽。某支樂團以技壓群雄的實力獲勝，並且出道。」

由於奪冠者是在地都市的高中生，當時還略微引發話題。專門雜誌也讚不絕口，堪稱前途無量的樂團。

「其中擔任領隊的主唱少年特別受歡迎。可是這名少年卻有煩惱。」

由於家庭因素，少年光是待在樂團就已經十分勉強。尤其是父親強烈反對，連正式出道都陷入相當嚴苛的困境。

「少年原本的盤算是，等正式出道的單曲大受歡迎後，當成結果向父親炫耀。希望受到父親的認可。」

實際上，樂團當時似乎相當受矚目，很難說少年的賭注太過莽撞。不僅推出過活動，還讓電視臺播放廣告。樂團成員都理所當然地以為，今後可以繼續演唱。

「可是……」

在我即將說下去的時候，望行先生伸手制止我。

「可是唱片銷量慘不忍睹，也沒擠進排行榜。少年的計畫完全落了空。」

「嗯……沒錯。」

要事後諸葛的話，原因多不勝數。例如那年頭純正搖滾樂團特別倒楣，缺乏新歌宣傳的樂團很吃虧。或是合作的連續劇收視低迷，對唱片銷量毫無貢獻。以及在唱片公司的安排下，在媒體曝光的機會不多，原本想主打實力派路線卻適得其反……之類。

可是要歸結成一句話，多半會是這樣。

運氣不好，不受上天青睞。

「當時樂團面臨選擇，是繼續活動，還是解散。少年主唱好不容易拿出幹勁，想推出第二張單曲。連唱片公司都點了頭，願意給樂團敗部復活的機會。可是。」

其他團員見到首發單曲的慘狀，內心早已深受挫折。沒有人願意回應主唱的振作。眼看沒有希望，期限一到，少年主唱只得哭著解散樂團。

「少年丟掉自己所有的樂器，依照父親的指示以醫生為目標。其他團員也紛紛放棄音樂這條路，轉換跑道。」

其中一人就是那位咖啡廳的老闆。

「而那位樂團主唱名叫——」

望行先生伸手制止我說下去。

「別再說了，我明白了。」

然後他深深嘆了一口氣。

「當時我以為，只要努力就無事不能。所以率領全體團員磨練技術，最後也開花結果。當時我相信，努力會獲得回報。」

抬頭仰望空中的望行先生，眨了好幾次眼睛。

「可是一切都與原本壁畫的願景相反。有人說高水準的技巧代表高門檻，叫我們多耍寶，吸引他人的目光。我們……我們之前相信的事情，在那一刻徹底遭到了否定。」

他望向自己的桌面。

桌上放著家人的合影。當然，其中包括穿校服的貫之。

「……我早就知道貫之真的非常努力。正因如此，我才不希望他嘗到那種難過的滋味。難道身為父母，這樣想是錯的嗎？」

我搖了搖頭。

「可是卻演變成這種結果。我實在不明白，究竟哪個答案才是正確的。」

時間靜靜地流逝。

我們兩人都低著頭，保持沉默。

「您應該也知道……我一直瞞著家人這件事吧？」

我默默地點頭。

他說家人，意思是貫之並不知道這件事。

否定創作者工作的可恨父親，以前竟然也是創作者。

「所以您打出這張牌，究竟有什麼要求嗎？」

望行先生平靜地開口。

「完全沒有。只是……想確認而已。」

「確認？」

「確認望行先生是否曾經是創作者。」

從一開始，我就不打算以此事當成交涉的籌碼。

我只是想弄清楚。對兒子的未來做出判斷的人，是否對創作這一行一無所知，還是知道才做出這樣的決定。

「如果您知道而做出這樣的決定，那我就沒有任何意見。尊重您的所有想法。」

這是我坦率的想法。

不過，其實我也相信。

如果曾經創作過，聽到受挫後的貫之那番話，內心應該會受到動搖——

那麼我能做的事情，就是給予臨門一腳。

沉默再度籠罩現場。

不久後，望行先生嘆了一口氣。

「你的作為比打出這張牌更加殘酷呢。」

說到這裡，手機的鬧鐘響起。

「……三十分鐘到了。」

我致謝後，離開了現場

然後，望行先生原諒了貫之。

老實說，我不知道他的判斷是否受到我的行動影響。

可是，電話另一頭的望行先生這麼說，

「與人交涉的時候，最好別打出王牌。最佳的使用方式是秀出來，發揮王牌的遏止力。您應該知道吧？」

我給予肯定的回答。

「您真是可怕啊，真的。我甚至懷疑您究竟是不是大學生呢。」

聽得我一瞬間心驚膽跳。

「不過您實在太精於計算了。這樣的人會在人生中犯下嚴重的失誤。」

這句話彷彿直接刺入我的肺腑。

實際上，我就差點失去貫之。

雖然我不知道望行先生是否知道這一點。

「如果您願意聽過來人的忠告，有一句話請您務必記住。刺探一個人的過去或是心中的想法，總有一天會破壞信任。即使是出於關心對手的舉動也一樣。」

「──我會銘記在心。」

然後望行先生平靜地吁了一口氣。

「貫之就拜託您了。他一直……很相信您。」

「好的。」

「請您別辜負他的期待。我能說的僅止於此。」

即使掛斷電話，我也一直盯著手機的畫面不放。

面對這麼優秀的人，我竟然使出威脅般的手段。結果不僅被看穿，還蒙受對方的恩情。如果我再破壞與貫之之間的信賴……將會再也無法挽回。

將人拉到舞臺上亮相。

這有可能嚴重傷害到他人。

我的行為毫無人性，還有可能失去重要的人。

所以我絕不能將他們對我的信任視為理所當然。

◇

下一部作品說明完畢後，我和貫之一同到外頭散步。

難得大家齊聚一堂，想吃點好的，所以我們兩人出來買材料。

「烤點肉的話，他們應該都會吃吧。恭也，你想吃什麼？」

「我……吃什麼都可以。」

我這樣回答後，貫之聲音錯愕地表示，

「拜託，這樣會變成由我來決定喔。」

聽到與以前相同的抱怨，我面露苦笑。

看起來的確回到了之前的日常。彷彿前幾個月，對我而言超過一年以上的空白時光不存在。

彼此閒話家常的同時，貫之突然聲音認真，

「我之前不是說過，其實我很嫉妒你嗎？」

踩踏著生長在田埂旁的雜草上，同時開口。

「老實說，現在我依然覺得自己不如你，有強烈的挫敗感。想不到你跑到我誕生的故鄉，還挖出我難為情，羞於見人的一切秘密。說真的，我好想逃跑躲起來。」

沒錯，之前我的所作所為一如他所說。

逼得他無路可走，揭開他的一切，並且利用他的情感當成勸說的籌碼。

就算他罵我這種行徑簡直不是人，也無可厚非。

「不過正因如此，我才能下定決心。」

貫之笑了笑。笑容十分天真，而且爽朗。

「比不上你的地方，就通通交給你。今後我會依照你的指示，目標是以橋場恭也打造的團隊，創作出最棒的傑作。」

然後他掏出手機，叫出筆記畫面。

操作一些按鍵後，對我秀出手機螢幕。

螢幕上顯示著『川越恭一』這幾個字。

「所以從今天開始，我要用這個名字活動。如果有需要使用筆名的地方，我就用這個名字。」

我忍不住一臉茫然，望向貫之。

「我好不容易才避免憎恨自己誕生的城鎮，這都多虧你這位朋友。所以我不用同音字，打算直接使用你的名字。」

貫之一臉難為情地看著我，

「可以徵求……你的同意嗎？」

「何必這麼客氣呢……」

一股強烈的情感湧上我的心頭。

之前他受挫時說出的這個名字，清楚表明他內心的絕望，以及我犯下的罪。可是如今，這個名字變成我和他共向未來，連結彼此的關鍵。

我的確深受感動，可是卻感到強烈恐懼。

眼看我即將回到自己改變過的歷史。

但即使形式產生一些變化，結果依然以我為中心。不論怎麼掙扎都無法消除犯下的罪，嚴格來說不算真正意義上的重來。我甚至覺得……彷彿有人在遠遠地監視我。

賭上人生。連這句聽起來很誇張的話，對現在的我都宛如現實。

「我根本沒有拒絕的理由啊。」

「哦，是嗎。那就決定啦。我要以這個名字寫出超棒的傑作！」

這個世界的他，究竟會誕生什麼樣的作品呢。

目前我還無從得知。

我只能確定……藉由共同創作，會比我所知的未來更加刺激，而且有趣。

不論志野亞貴、奈奈子，或是貫之。大家都相信我，並且依照我的指示行動。而且與之前半強制創作的同人遊戲不一樣，我們都認識彼此，並且深入理解。

正因如此，才可怕。

志野亞貴的信賴，奈奈子的好感，以及貫之的友情。

一旦這些要素崩壞，我們之間究竟會變得怎樣？

事到如今，我才深刻體會到院長那番話的涵義。

「要設計什麼樣的架構呢。趕快舉辦下一部作品的腦力激盪吧。」

聊著聊著，逐漸與貫之聊到第二部作品。

之前已經告訴過他九路田團隊的相關資訊，影片也看了好幾遍。

「志野亞貴，以及九路田嗎。真是可怕的組合啊。」

「嗯……的確是強敵。」

「真是的，剛回來就要面對這麼強大的對手。我現在就像大病初癒，拜託一開始讓我面對中頭目吧。」

「意思是弱小的敵人比較好？」

「別說傻話了，就是要這麼強才有幹勁啊。這可是最棒的舞臺呢。」

貫之開心地哈哈笑。

「你的構想很有趣啊。一定要將大家拉上舞臺喔。」

「你覺得有機會成功嗎？」

我讓他負責第二部作品使用的樂曲歌詞，以及整體的故事線。這是相當重要的職位。

「有啊。憑現在的我，絕對辦得到。」

嗯，我也這麼想，貫之。

◇

「我回來了……咦？」

購物回來後，發現齋川在客廳，以及，

「志野亞貴怎麼會在這裡睡覺？」

在被爐旁呼呼大睡的志野亞貴。

「亞貴學姊似乎一直忙到剛才。她說終於忙完了。」

「為何不在房間睡覺呢？」

齋川搖了搖頭，

「學姊說床上放了畫具等物品，結果沒地方睡覺了。」

我和貫之互望彼此，一臉苦笑。

「志野亞貴已經著手下一部作品的製作了嗎？」

「好像是。公開第一部作品的隔天，就已經關在房間裡了……」

第二部肯定也會推出全動作動畫。一旦確定要畫什麼，當然要盡可能騰出更多工作時間。九路田肯定也事先安排好，避免她停下手頭的工作。

「真是不得了。如此龐大的力量，究竟潛藏在她嬌小身軀的何處啊。」

貫之露出尊敬的表情說。

他說得完全沒錯。志野亞貴深不可測，現在依然看不出極限。

「不過他們已經開始著手了啊，動作真快。」

九路田團隊的動作迅速，讓我感到有些害怕。

「對啊，雖然我們也不會輸給他們。」

貫之咧嘴一笑。

沒錯，我們團隊有貫之。雖然也伴隨艱鉅的責任，但是他的堅強對接下來的製作，無疑是一顆定心丸。

沒錯，甚至可以說是期待。

「咦？橋場學長，這是什麼呢。」

剛才在看電腦的齋川突然開口。

我和貫之都看向螢幕。

上頭顯示，九路田團隊的帳號已經在 NicoNico 上傳了新的影片。

「這是什麼啊。」

「播放看看吧，看一遍最快。」

我依照貫之所說，點下縮圖播放影片。

過了幾秒鐘後，特效字幕從一片漆黑的螢幕浮現。
見到這一幕，我們都驚呼。
「預告片!?」
上傳的影片是九路田團隊預定於十一月公開的第二部作品預告。
「喂，這會影響作品的評分嗎？」
「不，畢竟只有兩部作品。不過以這種方式炒熱續作……」
「肯定會引發話題呢……」
被擺了一道。原來這才是九路田擬定的策略嗎。
至於看預告片的我們。
對影片內容都大感震驚。
「真的假的……」
所有人都忍不住驚呼。
畫力進一步提升的志野亞貴，繪製的圖在影片中的躍動程度甚至讓人恐懼。
最驚人的是作畫張數。高品質的圖畫在畫面中自由活動，精美到看不出一秒鐘到底畫了幾張。
以前某一部介紹動畫工作室的紀錄片，提到一位天才動畫師足以匹敵一百名普通動畫師。

就算有一點誇張，問題是我現在正好面對實際的例子。

「不只是主要角色……連所有路人都具備自我意志活動……」

貫之茫然嘀咕。

「光是畫一張圖都要耗費驚人的成本，究竟怎麼辦到的……」

齋川臉色發青。

能讓兩位創作者如此害怕的少女，就在我身旁，幸福地呼呼大睡。

就是她畫了這部作品嗎？

「志野亞貴……成長了呢。」

故事掌握了我們，拉向下一篇章節。

並且伴隨著全新進化，宛如天使般的怪物。

後記

來聊聊父親吧。

用一句話形容我的父親，就是「完美的超人」。身材高大又帥氣，會彈吉他又有好歌喉。能畫畫還計算迅速，博學多聞更喜歡戶外活動。對外人或家人都很體貼，而且對自己非常嚴格。

這麼完美的父親，總是寬容我的所作所為。我上國高中時成績不怎麼樣，沉迷於遊戲或漫畫。父親依然告訴我「要做什麼都可以，但既然喜歡的話，就要徹底投入」。即使我戰戰兢兢告訴父親，我要去念學費高昂的藝大，

「這是爸爸以前想念的學校呢。真是羨慕啊。」

父親依然笑著答應我。由於父親家境貧寒，即使有能力念大學，依然在高中畢業就開始工作賺錢。

就讀大學後，身邊有許多朋友與對手。不過對我而言，最大的對手與目標依然是父親。我接觸過任何感興趣的事情。這既是父親的想法，也是我個人的方針。現在我依然堅持這一點。

貫之的父親很嚴格，但他其實也經歷過。正因為知道創作這一行的嚴苛，才會

質問貫之的覺悟。不過在我的想法中，有件事情遠比知道多嚴苛更重要。能不能以「喜好」熬過難關才是最重要，最強大的武器。貫之的父親會同意貫之思索到最後得出的結論，可能是認同了他的力量吧。而且同時想起，過去憑藉「喜好」的力量突破一切的自己。

我的父親在我大四那一年的夏天辭世。尊敬的父親在離開的時候，始終是我尊敬的對象。不過父親說的話，以及父親依然存在於我的心中。即使我不太喜歡強調血緣、家族之類的詞，不過父親和我應該存在這些共通點，所以才能變強吧。

以下是致謝詞。感謝責編T先生仔細引導原本難產的原稿，以開朗的插圖讓沉重故事內容變得輕快的えれっと老師。還有閱讀本作品的眾多讀者，打從心底感謝各位。

漫畫第一集終於也發售了。重製人生逐漸變成龐大的故事，真期待貫之，以及所有人的今後發展。敬請各位讀者看到最後。

希望我們有緣再見。祝各位身體健康。

木緒なち　敬啟

後記

✿あとがき✿

このたびは

感謝購買本作品「我們的重製人生 上傳期限：九月、一日」的各位讀者！

『ぼくたちのリメイク～アップロード日：9月1日～』を
手に取っていただきありがとうございます！

貫之おかえりいいい～!!

貫之歡迎回來～!!

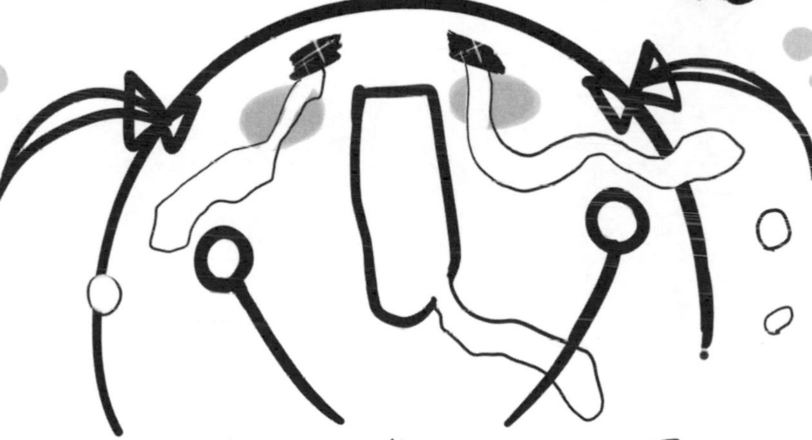

待ってたよぉぉぉぉ!! せっかくイケメン風に
デザインしたお気に入りのキャラだというのに
しばらく描けなくてさびしかったんだよぉぉお
コイツぅ～～!! 毛穴まで描いたろか!? 好き!!
今後の活躍が超楽しみですね!!

等你好久啦 !! 難得設計成型男風格，是我特別喜歡的角色，結果暫時無法畫他，好寂寞啊～!! 乾脆連毛孔都畫出來吧!? 好喜歡他 !! 超級期待他今後的活躍 !!

2019. えれっと

浮文字

我們的重製人生(06)

(原名：ぼくたちのリメイク6)

作者／木緒なち　封面插畫／えれっと　譯者／陳冠安
榮譽發行人／黃鎮隆
執行長／陳君平
協理／洪琇菁
執行編輯／呂尚燁　國際版權／黃令歡、梁名儀
美術主編／陳聖義
宣傳／楊玉如、洪國瑋、施語宸
出版／城邦文化事業股份有限公司　尖端出版
台北市中山區民生東路二段一四一號十樓
電話：(〇二)二五〇〇七六〇〇　傳真：(〇二)二五〇〇二六八三
E-mail：7novels@mail2.spp.com.tw
發行／英屬蓋曼群島商家庭傳媒股份有限公司城邦分公司　尖端出版
台北市中山區民生東路二段一四一號十樓
電話：(〇二)二五〇〇—七六〇〇(代表號)
傳真：(〇二)二五〇〇—一九七九
中部經銷／槙彥有限公司
電話：(〇二)八九一九—三三六九
傳真：(〇二)八九一四—五五二四
雲嘉經銷／智豐圖書股份有限公司　嘉義公司
電話：(〇五)二三三—三八五二
傳真：(〇五)二三三—三八六三
南部經銷／智豐圖書股份有限公司　高雄公司
電話：(〇七)三七三—〇〇七九
傳真：(〇七)三七三—〇〇八七
一代匯集／香港九龍旺角塘尾道六十四號龍駒企業大廈十樓B&D室
電話：(八五二)二七八三—八一〇二
傳真：(八五二)二七八二—一五二九
馬新經銷／城邦(馬新)出版集團　Cite(M)Sdn.Bhd.
E-mail：Cite@cite.com.my
法律顧問／王子文律師　元禾法律事務所
台北市羅斯福路三段三十七號十五樓
二〇二二年五月一版一刷

BOKUTACHI NO REMAKE Vol.6 UPLOAD BI : KUGATSUTSUITACHI

■中文版■

郵購注意事項：
1. 填妥劃撥單資料：帳號：50003021戶名：英屬蓋曼群島商家庭傳媒(股)公司城邦分公司。2. 通信欄內註明訂購書名與冊數。3. 劃撥金額低於500元，請加附掛號郵資50元。如劃撥日起 10～14日，仍未收到書時，請洽劃撥組。劃撥專線TEL：(03) 312-4212 ・ FAX：(03) 322-4621。E-mail：marketing@spp.com.tw

國家圖書館出版品預行編目資料

我們的重製人生 / 木緒なち 作.; 陳冠安 譯.--1版.
--臺北市：尖端出版, 2022.05
面 ; 公分.--(浮文字)
譯自:ぼくたちのリメイク
ISBN 978-626-316-799-5(第6冊：平裝)

861.57 111003621